Échecs aux Rois

Du même auteur

Pièces de théâtre

À cœurs ouverts, Alban et Ève, Amour propre et argent sale, Apéro tragique à Beaucon-les-deux-Châteaux, Au bout du rouleau, Avis de passage, Bed & Breakfast, Bienvenue à bord, Le Bistrot du Hasard, Des beaux-parents presque parfaits, Le Bocal, Brèves de trottoirs, Brèves du temps perdu, Bureaux et dépendances, Café des sports, Cartes sur table, Comme un poisson dans l'air, Le Comptoir, Crash Zone, Crise et châtiment, Le Coucou, Les Copains d'avant... et leurs copines, Coup de foudre à Casteljarnac, De toutes les couleurs, Dessous de table, Diagnostic réservé, Drôles d'histoires, Du pastaga dans le champagne, Elle et lui, monologue interactif, Erreur des pompes funèbres en votre faveur, L'Étoffe des Merveilles (adaptation), Euro Star, Flagrant délire, Gay friendly, Le Gendre idéal, Happy Dogs, Happy Hour, Héritages à tous les étages, Hors-jeux interdits, Il était une fois dans le web, Le Joker, La Maison de nos rêves, Mélimélodrames, Même pas mort, Ménage à trois, Minute papillon, Miracle au couvent de Sainte Marie-Jeanne, Mortelle Saint-Sylvestre, Morts de rire, Les Naufragés du Costa Mucho, Nos pires amis, Photo de famille, Piège à cons, Plagiat, Le Pire Village de de France, Le plus beau village de France, Préhistoires grotesques, Primeurs, Quarantaine, Quatre étoiles, Réveillon au poste, Revers de décors, Sans fleur ni couronne, Sens interdit – sans interdit, Spécial dédicace, Strip Poker, Les Touristes, Trous de mémoire, Un boulevard sans issue, Un bref instant d'éternité, Un cercueil pour deux, Un os dans les dahlias, Un petit meurtre sans conséquence, Une soirée d'enfer, Un mariage sur deux, Vendredi 13, Y a-t-il un pilote dans la salle ?

Essai

Écrire une comédie pour le théâtre

JEAN-PIERRE MARTINEZ

Échecs aux Rois

La Comédi@thèque
comediatheque.net

Personnages
Le roi
La reine
La princesse
Le leader de l'opposition
La ministre
Le général
Le majordome
La femme de chambre

Ministre, général, majordome et femme de chambre peuvent être indifféremment des personnages masculins ou féminins sans adaptation de dialogue ou avec des changements mineurs.

Avant toute représentation publique, professionnelle ou amateur, vous devez obtenir l'autorisation de la SACD : www.sacd.fr

© La Comédi@thèque
ISBN : 978-2-37705-458-9

ACTE 1

Salle du trône. L'action se déroule dans un pays et à une époque indéterminée. Le roi est assis sur son trône, une couronne sur la tête. Il lit un journal titrant sur la crise qui affecte le pays et la révolte qui couve dans son royaume : le peuple a faim, il exige des réformes. Le roi replie le journal et le jette sur une table basse, où est déjà posé un plateau de petit déjeuner.

Roi – Après tout ce que j'ai fait pour eux... Quelle ingratitude... *(Soupirant)* Ils finiront par avoir ma peau... *(Se reprenant)* Mais je ne les laisserai pas faire...

Il agite une cloche munie d'un manche. Personne ne vient. Impatient, il agite la cloche un peu plus fort. Son majordome apparaît.

Majordome – Votre Altesse m'a sonné. Que puis-je faire pour lui être agréable ?

Roi – Apportez-moi une corde.

Majordome – Une corde ?

Roi – Oui, une corde. Vous ne savez pas ce que c'est qu'une corde ?

Majordome – Quel genre de corde, votre Altesse ?

Roi – Disons... Une corde assez solide pour pouvoir supporter le poids d'un homme.

Majordome – Ce genre de corde, je vois... Je vous apporte ça tout de suite, votre Majesté...

Le majordome sort, un peu inquiet. Entre la femme de chambre.

Femme de chambre – Pardon, votre Altesse, puis-je me permettre de débarrasser les reliefs de votre petit déjeuner.

Roi – Je vous en prie, faites donc... Justement, il faudra que je monte sur cette table tout à l'heure pour me pendre.

Sans sourciller, la femme de chambre s'empare du plateau posé sur la table basse.

Femme de chambre – Je suis au regret de constater que votre Altesse n'a presque rien mangé... Quelque chose lui a déplu ?

Roi – Que voulez-vous, mon petit, la vie est mal faite. Les pauvres ont faim, et les riches manquent d'appétit...

Femme de chambre – Votre Altesse désire-t-elle autre chose ?

Au lieu de répondre il lui lance un regard un peu étrange.

Roi – Je peux vous poser une question ?

Femme de chambre *(sur la défensive)* – Je suis au service de votre Majesté...

Roi – Est-ce que vous m'aimez ?

Femme de chambre – Est-ce que je vous aime ?

Roi – Non, je ne veux pas dire... aimer comme une femme peut aimer un homme.

Femme de chambre – Ah non ?

Roi – D'ailleurs, nous avons déjà couché ensemble, n'est-ce pas ?

Femme de chambre – Je ne m'en souviens pas, votre Altesse...

Roi – Vous ne vous en souvenez pas ?

Femme de chambre – Si bien sûr... Enfin non justement...

Roi – Comment ça, si mais non ?

Femme de chambre – Ce que je veux dire, c'est que je ne crois pas que votre Majesté et moi...

Roi – Je n'ai jamais couché avec vous ?

Femme de chambre – Non, votre Altesse.

Roi – Vous êtes sûre ?

Femme de chambre – Je pense que je m'en souviendrais.

Roi – Vous avez raison. Je dois confondre avec l'autre...

Femme de chambre – L'autre ?

Roi – L'autre femme de chambre.

Femme de chambre – Votre Majesté n'a qu'une seule femme de chambre... En tout cas, une seule qui soit affectée à son service personnel.

Roi – Vraiment ?

Femme de chambre – Et un seul majordome aussi.

Roi – C'est curieux... Et pourquoi cela ?

Femme de chambre – Pour limiter les risques d'être assassiné, j'imagine...

Roi – C'est vrai, vous avez raison... Dans ce cas je dois confondre avec la femme de chambre qui était là avant vous.

Femme de chambre – Avant moi ?

Roi – Oui, avant vous. Vous êtes à mon service depuis combien de temps ?

Femme de chambre – Dix ans, votre Altesse.

Roi – Dix ans ! Ça alors... Dans ce cas, je ne sais pas... Je dois confondre avec ma femme.

Femme de chambre – Certainement, votre Altesse.

Roi – Non, ce que je voulais vous demander c'est.... si je vous suis sympathique.

Femme de chambre – Sympathique ?

Roi – Est-ce que vous m'aimez bien ? En tant que personne...

Femme de chambre – En tant que personne...?

Roi – En tant que roi, alors ! Tout le monde est supposé aimer son roi, non ?

Femme de chambre – Mais certainement, votre Altesse...

Roi – Et alors ?

Femme de chambre – C'est-à-dire que... vous avez fait exécuter mes deux premiers maris.

Roi – Tiens donc... C'est curieux, je ne me souvenais pas de ça non plus... Et pourquoi est-ce que j'aurais fait une chose pareille ?

Femme de chambre – Vous les aviez accusés d'espionnage, mais...

Roi – Mais ?

Femme de chambre – Je crois qu'en réalité, c'est parce qu'ils vous battaient aux échecs...

Le roi semble un peu décontenancé.

Roi – Je vois... Bon allez, prenez ce plateau et fichez le camp d'ici !

Femme de chambre – Dois-je emporter aussi le journal, votre Majesté ?

Roi – Oui, oui, enlevez-moi tout ça. Et brûlez-moi ce torchon...

Femme de chambre – Quel torchon, votre Majesté...?

Roi – Ce journal !

Femme de chambre – Bien votre Majesté. *(Elle prend le journal et jette un coup d'œil sur les gros titres.)* Ah oui, en effet, le torchon brûle, on dirait.

Roi – Sortez !

La femme de chambre sort. Le majordome revient avec une corde munie d'un nœud coulant.

Majordome – Voici la corde de votre Majesté. J'ai pris la liberté de faire un nœud coulant. Mon père m'a appris à faire toutes sortes de nœud quand j'étais enfant. Il était marin...

Roi – Le mien était boucher. Il s'est pendu à un crochet dans sa chambre froide...

Majordome – Je vois... Votre Majesté préfère-t-elle que je lui apporte un crochet de boucher ? Pour respecter la tradition familiale...

Roi – Vous pouvez disposer. Et je ne veux plus être dérangé.

Majordome – Bien votre Majesté.

Le majordome sort avec un air circonspect. Le roi prend la corde. Il jette un regard vers le plafond, puis il monte sur la table basse en tenant la corde dans sa main, cherchant visiblement un endroit où l'accrocher. Mais la table est trop basse. Sa ministre arrive et observe la scène un moment sans que le roi ne l'aperçoive.

Ministre – Mes hommages, votre Majesté.

Le roi sursaute, et manque de tomber de la table.

Roi – Vous m'avez fait peur, imbécile... J'ai failli tomber...

Ministre – Je prie votre Majesté de m'excuser.

Roi – Se casser le cou en tombant de la table sur laquelle on était monté dans l'intention de se pendre... Avouez que ce serait une mort idiote.

Ministre – J'en conviens, votre Altesse.

Roi – Qu'est-ce que vous faites ici ? J'avais pourtant demandé à ce qu'on ne me dérange pas.

La ministre observe avec un air intrigué le roi, debout sur la table basse, avec à la main la corde pour se pendre.

Ministre – Mon Dieu... je passais prendre des nouvelles de votre Majesté... Ça n'a pas l'air d'aller très fort aujourd'hui.

Roi – Vous êtes vraiment psychologue, vous, j'ai bien fait de vous prendre comme ministre et comme conseillère.

Ministre – Qu'est-ce qui ne va pas, votre Altesse ?

Roi – Qu'est-ce qui ne va pas ? Vous ne lisez donc pas les journaux ?

Ministre – Seulement ceux qui sont imprimés par notre Ministère de la Propagande, votre Majesté. Les autres ne sont destinés qu'à démoraliser la population.

Roi – Eh bien justement. Depuis quelques temps déjà, ce que je lis dans la presse indépendante me démoralise.

Ministre – Il ne faut pas voir tout en noir, votre Altesse. Il y a toujours une lumière au bout du tunnel.

Roi – Oui, quand on est mort, il paraît que c'est ce qu'on voit : une lumière au bout d'un tunnel.

Ministre – Si votre Majesté souhaite se confier à moi, je serai son confesseur... Vous pouvez compter sur ma discrétion. Je serai muette comme une tombe.

Le roi s'affale sur son trône.

Roi – Jusque là, pourtant, tout me réussissait. Je me suis fait élire quatre fois président...

Ministre – En changeant à chaque fois la constitution pour rendre cela constitutionnel.

Roi – Quand cela n'a plus été possible, je me suis fait élire président à vie.

Ministre – Et pour que votre fille puisse vous succéder un jour sur le trône, vous avez finalement rétabli la monarchie.

Roi – J'ai posé moi-même cette couronne sur ma tête.

Ministre – Comme Napoléon.

Roi – J'avoue que la couronne, c'était un rêve d'enfant. Faire de sa femme une reine et de sa fille une princesse... Qui n'a jamais caressé un jour cette idée ?

Ministre – Vous avez pu réaliser ce rêve.

Roi – Et je sais que pour cela, j'ai pu compter sur vos conseils avisés, sur la fidélité de notre armée, et sur la force de persuasion de notre police secrète.

Ministre – Alors pourquoi cette humeur sombre ?

Roi – Rien ne va plus, vous le savez bien. Il n'est pas nécessaire de lire la presse pour s'en rendre compte. Il suffit d'écouter la rumeur de la rue. On l'entend du palais. Le peuple manifeste jusque sous mes fenêtres !

Ministre – Le peuple... C'est un long fleuve tranquille qui se réveille parfois pour sortir de son lit.

Roi – Si on n'y prend pas garde, ces débordements pourraient bien emporter notre palais.

Ministre – On peut toujours canaliser un fleuve qui déborde. Voulez-vous que je fasse donner la troupe ?

Roi – Cela ne suffira plus, je le crains. Le pays est au bord du gouffre. Le peuple n'a plus de quoi manger. Quand la peur de mourir de faim fait oublier la peur du gendarme, c'est la révolte. Et quand la colère du peuple se tourne vers la personne du roi, c'est la révolution.

Ministre – Alors que faire ?

Roi – Vous êtes mon ministre, je pensais que c'était à vous de me le dire...

La ministre s'assied à son tour.

Ministre – Vous avez raison... Le peuple réclame des élections libres, et nous ne pourrons plus les lui refuser très longtemps.

Roi – Je me demande si nous avons bien fait de tolérer ces opposants.

Ministre – Il fallait bien afficher un semblant de démocratie, pour préserver notre image auprès des instances internationales. Le monde nous regarde... et l'Europe nous subventionne.

Roi – Mais notre peuple nous déteste ! Si nous acceptons des élections libres, le verdict sera sans appel. Ce sera la fin de la monarchie ! Et pour nous ce sera sans doute la fin tout court...

Ministre – Oui... à moins que nous parvenions à faire élire un homme de paille...

Roi – Un homme de paille ?

Ministre – Un homme... ou une femme. Un candidat que nous présenterions comme indépendant, mais qui vous serait entièrement dévoué. La monarchie reste en place, comme dans de nombreux pays d'Europe. Le Premier Ministre est un homme du sérail. Et vous continuez à tirer les ficelles en coulisses...

Roi – Il faudra encore une nouvelle constitution... On en est à combien depuis ma première élection ?

Ministre – Huit, si je ne m'abuse. Celle-ci serait la neuvième.

Roi – Et j'imagine que vous vous verriez bien dans ce rôle de femme providentielle... pour ne pas dire présidentielle ?

Ministre – Je suis au service de votre Majesté. Mais s'il le faut, nous pourrions trouver un candidat plus crédible...

Roi – Je n'y crois plus... Cette fois le peuple ne nous suivra pas. Malgré toutes nos combines pour fausser le scrutin, je finirai lynché, comme un vulgaire dictateur.

Ministre – C'est une possibilité, hélas...

Roi – Merci pour votre soutien... Ça me remonte le moral... Non, je préfère encore finir en beauté.

Ministre – En beauté ? Pendu au lustre de la salle du trône ?

Roi – Pendu pour pendu, je préfère rester maître du choix de l'heure et du lieu...

Ministre – Reprenez-vous, votre Altesse. Beaucoup de gens comptent encore sur vous, et vous pouvez compter sur eux.

Roi – Dites plutôt que vous avez peur de subir le même sort que moi.

Ministre – J'ai peut-être une solution, attendez un peu avant de vous pendre.

Roi – Je n'aurais jamais pensé entendre un jour cette phrase dans la bouche de ma plus fidèle conseillère...

Ministre – Le jeu du pouvoir est une partie d'échecs, votre Majesté. Et aux échecs, le roi est la seule pièce qui ne peut pas se suicider.

Roi – Mais le joueur peut abandonner la partie s'il sent qu'il n'y a plus d'espoir.

Ministre – Vous êtes le roi. Laissez-moi conduire la partie. Je reviendrai bientôt vers vous et je vous exposerai une stratégie qui, j'en suis sûre, vous surprendra...

Roi – J'ai hâte de la connaître...

Ministre – À bientôt votre Altesse.

La ministre sort, laissant le roi plus que perplexe. Il reprend la corde et la regarde, hésitant. La reine arrive comme une tornade.

Reine – Je suis épouvantablement en retard. Tu n'aurais pas vu la femme de chambre, par hasard ?

Roi – Elle était là il y a un instant. Je lui ai dit que je ne voulais pas être dérangé...

Reine – C'est exactement ce que je disais ! Quand on veut faire la sieste, on est sûr de l'avoir entre les jambes, mais quand on a vraiment besoin d'elle...

Roi – Entre les jambes ?

Reine – Je voulais dire entre les pattes... L'avoir entre les pattes, c'est une expression populaire...

Roi – Ah oui parce que l'avoir entre les jambes quand je fais la sieste...

Reine – Tu n'as pas l'air dans ton assiette, toi... C'est ce que je disais, tu ferais mieux d'aller faire la sieste...

Roi – Justement, j'hésite encore entre la sieste et le sommeil éternel.

La reine aperçoit la corde.

Reine – Qu'est-ce que c'est que cette horreur ?

Roi – Une corde.

Reine – À propos de corde, je pensais aller faire un peu de shopping à Londres cet après-midi. Tu n'as pas besoin du jet ?

Roi – Non, je n'ai pas l'intention d'utiliser le jet aujourd'hui... Mais quel rapport avec une corde ?

Reine – Aucun... Pourquoi ?

Roi – Tu as dit... à propos de corde, je pensais aller faire un peu de shopping à Londres.

Reine – Mais c'est encore une expression consacrée, mon chéri ! Une expression toute faite. Une phrase qui ne veut rien dire, mais qui permet de ménager une transition dans la conversation. Quand on dit à propos de corde... ou à propos de n'importe quoi, ce qui suit n'a pas besoin d'avoir un rapport avec ce qui précède. C'est ce qu'on appelle un tête-à-queue.

Roi – Tu veux dire un coq-à-l'âne, sans doute.

Reine – Tu as vraiment décidé de me contrarier, aujourd'hui... Tu ne crois pas que je suis assez énervée comme ça ? Et puis comment en est-on arrivé à parler de corde, d'ailleurs ?

Roi – Tu as raison, il ne faut jamais parler de corde dans la maison d'un pendu.

Reine – Quelqu'un s'est déjà pendu dans ce palais ?

Roi – Non, pas encore.

Reine – Donc je peux prendre le jet.

Roi – Tout à fait.

Reine – C'est Black Friday, aujourd'hui, tu comprends.

Roi – Ah oui... Vendredi noir...

Reine – Tout est devenu tellement cher, maintenant. Surtout avec notre monnaie qui ne cesse de se dévaluer. Tu vois où j'en suis réduite ? À faire les soldes comme une vulgaire femme de chambre... À propos de femme de chambre, si tu la vois, tu me l'envoies ?

Roi – Je n'y manquerai pas.

Reine – Oui parce que tant qu'à faire, je vais l'emmener avec moi.

Roi – Pour qu'elle fasse les soldes, elle aussi ?

Reine – Pour porter les paquets ! Tu n'avais pas besoin d'elle, au moins ?

Roi – Non, non...

Reine – Dans ce cas, il faut que je te laisse... Je pars dans une heure, et je ne suis même pas encore maquillée. Alors à ce soir !

Roi – C'est ça... À ce soir, ma chérie...

La reine sort, laissant le roi abasourdi. On entend au dehors la rumeur populaire. Il agite à nouveau sa cloche. Le majordome revient.

Majordome – Que puis-je faire pour votre service, Majesté ?

Roi – Vous entendez ces cris, dehors ?

Majordome *(embarrassé)* – Non, Majesté...

Roi – Si vous ne les entendez pas, c'est que vous êtes sourd... Vous êtes sourd ?

Majordome – Non, votre Altesse.

Roi – Alors vous entendez ces cris, comme moi. Mais vous avez peur d'être exécuté si vous me dites que vous les entendez... Vous avez peur d'être exécuté ?

Majordome – Mon Dieu... Oui, bien sûr, votre Majesté... Comme tout le monde...

Roi – Comme tout le monde ?

Majordome – Je me suis mal exprimé, votre Altesse...

Roi – Vous pouvez tout me dire, vous savez. Je vous le demande. Je l'exige. J'entends leurs cris, mais je ne distingue pas leurs paroles. Que disent-ils ?

Majordome – C'est vrai, je... Je crois que j'entends vaguement quelque chose, à présent. Mais je vous assure, je n'arrive pas à comprendre un mot de ces hurlements...

Roi – Ils crient « mort au tyran », voilà ce qu'ils crient !

Majordome – Ah oui, peut-être... Maintenant que vous me le dites...

Le roi pousse un soupir de lassitude, et s'effondre sur son trône.

Roi – J'aurais tellement voulu qu'on m'aime pour ce que je suis.

Majordome – Mais votre Altesse... vous êtes un tyran.

Roi – Je ne l'ai pas toujours été, vous savez... Quand j'ai été élu pour la première fois, de façon parfaitement démocratique, les gens hurlaient aussi dans la rue. Mais c'était pour me rappeler tous les espoirs qu'ils avaient placés en moi. Et pour me crier leur amour. Vous vous souvenez ?

Majordome – Ma foi non, votre Altesse...

Roi – J'étais jeune. Eux aussi. Je voulais sincèrement leur bonheur, je vous assure. Et puis petit à petit, la corruption s'est installée, comme le ver dans le fruit. Le pouvoir corrompt, le pouvoir absolu corrompt absolument. Vous savez qui a dit ça ?

Majordome – Je crois que c'est Machiavel, votre Altesse.

Roi – L'espoir a fait place à la déception, la déception à la résignation, la résignation au désespoir, le désespoir à la colère, et la colère à la haine... Comment reconquérir le cœur d'une femme qu'on a déçue, et qu'on a réussi à garder qu'en usant de la force ?

Majordome – Je ne sais pas, votre Majesté. Comment conserver une femme qui vous déteste ? À part congelée dans une chambre froide, j'imagine que c'est impossible...

Roi – Le peuple qui défile aujourd'hui pour demander ma mort est toujours aussi jeune que celui qui hier célébrait ma victoire. C'est moi qui ai vieilli... Je suis pourri de l'intérieur... Vous ne sentez pas cette odeur de pourri ?

Majordome – Désolé, votre Altesse. J'ai le nez un peu bouché depuis quelques jours. J'ai perdu le sens de l'odorat. Je ne sais pas ce que c'est. Ça doit être un virus.

Roi – C'est vrai, d'ailleurs vous avez la morve au nez. C'est un spectacle absolument affligeant, je vous assure.

Majordome – J'en suis désolé, votre Majesté.

Roi – Quand on se sent morveux, on se mouche.... Vous connaissez cette expression ?

Majordome – J'y vais de ce pas... si votre Altesse n'a plus besoin de moi.

Roi – Allez, vous pouvez disposer.

Majordome – Dois-je remporter la corde, ou votre Majesté compte-t-elle s'en servir un peu plus tard dans la soirée ?

Roi – Vous pouvez l'emporter...

Majordome – Bien votre Majesté.

Le majordome prend la corde à regret et sort. La princesse arrive.

Princesse – Bonjour Père.

Roi – Bonjour ma fille.

Princesse – Je viens de croiser le majordome... Je ne sais pas à qui il compte passer la corde au cou...

Roi – À la femme de chambre, peut-être...

Princesse – Le majordome va se marier ?

Roi – Je ne sais pas, pourquoi ?

Princesse – Vous disiez qu'il allait passer la corde au cou à la femme de chambre.

Roi – Je me demandais seulement s'il lui prendrait l'envie de la pendre au lustre de la cuisine...

Princesse – Pourquoi ferait-il une chose pareille ?

Roi – Je ne sais pas... Ils n'arrêtent pas de se chamailler à tout propos.

Princesse – Je crois que c'est plutôt elle qui l'enverra se faire pendre ailleurs...

Roi – Alors pourquoi pensiez-vous qu'ils allaient se marier ?

Princesse – C'est juste une expression, vous ne la connaissez pas ? Passer la corde au cou... Ça veut dire se marier avec quelqu'un.

Roi – Je ne savais pas...

Princesse – C'est une expression populaire.

Roi – Hélas, je ne sais plus comment parle le peuple...

Princesse – Vous êtes pourtant un enfant du peuple, vous aussi.

Roi – C'est vrai. Mon père était boucher, ma mère tenait la caisse, et quand j'avais votre âge, j'étais apprenti...

Princesse – J'ose espérer qu'après avoir été président puis roi, vous ne resterez pas dans l'histoire comme le boucher de votre propre peuple...

Roi – À moins que ce ne soit le peuple qui plante bientôt ma tête au bout d'une pique pour l'exhiber dans les rues comme un trophée. Vous entendez ces cris, dehors ?

Princesse – Oui.

Roi – Qu'est-ce qu'ils disent, exactement ?

Princesse – Exactement ? *(Elle prête l'oreille un instant.)* Les uns crient « À bas la dictature ». D'autres « Élections libres ». Mais ce qui revient le plus souvent, je crois, c'est... « Échec au roi ». Ou encore « Échec et mat ».

Roi – Ils ne doivent pas ignorer ma passion pour le jeu d'échecs...

Princesse – C'est curieux, il y a un qui crie « À mort le boulanger, la boulangère, et le petit litron »...

Roi – Mitron. Le petit mitron...

Princesse – C'est quoi un mitron.

Roi – C'est un apprenti-boulanger.

Princesse – Mais vous n'avez jamais été apprenti-boulanger. Vous venez de me dire que votre père était boucher.

Roi – Il faut croire que le peuple a oublié d'où je viens.

Princesse – Je crois surtout qu'il voudrait savoir où nous allons tous... Le peuple veut du pain, tout simplement.

Roi – Si j'en avais je lui en donnerais, croyez-moi. *(Posant sa main sur son ventre)* Hélas, je n'ai plus que de la brioche... Vous n'allez pas faire les soldes à Londres avec votre mère ?

Princesse – Non... Bizarrement, l'idée d'aller faire du shopping en jet privé pendant que notre peuple meurt de faim me donne mauvaise conscience.

Roi – Ne me jugez pas trop sévèrement, ma fille. D'autres s'en chargeront. Et leur verdict sera sans appel.

Princesse – Il est peut-être encore temps d'éviter le pire...

Roi – Je crains qu'il ne soit déjà trop tard... Mais ne vous inquiétez pas, si cela tourne mal, nous pourrons toujours fuir le pays en emportant la caisse. Votre mère et moi, on finira nos jours tranquillement dans un pays ami, et vous finirez vos études dans un pensionnat en Suisse.

Princesse – Un pays ami, vous êtes sûr ? Aujourd'hui, les dictateurs déchus finissent le plus souvent au Tribunal International.

Roi – Décidément, tout le monde s'emploie à me remonter le moral aujourd'hui.

Princesse – J'essaie simplement de vous ouvrir les yeux...

Roi – Le moment venu, j'espère surtout que vous serez là pour me les fermer... Et vous, ma fille ? Vous avez trouvé celui qui vous passera la corde au cou ?

Princesse – Je ne dirais pas cela comme ça, mais... peut-être.

Roi – Vous voulez m'en parler ?

Princesse – C'est encore un peu trop tôt. Cela vous ferait trop d'émotion d'un coup...

La ministre revient.

Ministre – Pardon votre Majesté, je vous croyais seul...

Princesse – Je partais.

Ministre – Mes hommages, Princesse.

Princesse – Madame...

La princesse lui lance un regard glacial et sort.

Roi – Alors ? Vous avez trouvé une idée pour nous éviter l'échafaud ?

Ministre – C'est bien plus qu'une idée, votre Majesté. C'est un plan.

Roi – Je suis impatient de le connaître.

Ministre – Et vous le connaîtrez bientôt. Mais pour avoir le temps de réaliser ce plan, il nous faut obtenir un répit. Il y a urgence, votre Altesse. Comme vous pouvez l'entendre, la révolte gronde.

Roi – L'armée et la police nous sont encore fidèles, n'est-ce pas ?

Ministre – Pour l'instant. Mais il ne faut pas trop s'en remettre à eux. Tous ceux qui portent un uniforme sont des girouettes. Une simple brise ne les fait pas bouger, mais à la première tempête ils suivent la direction du vent.

Roi – Je vous écoute...

Ministre – Les manifestants entourent le palais, excités par les quelques opposants que nous n'avons pas encore jetés en prison.

Roi – Nous aurions mieux fait de les éliminer, comme les autres.

Ministre – Je ne suis pas de cet avis, votre Altesse. Rien de plus dangereux qu'une foule sans un chef pour canaliser sa colère.

Roi – Et ce chef, vous le connaissez ?

Ministre – J'ai pris attache avec lui. Il sollicite une audience. Avec lui au moins, nous pourrons négocier.

Roi – Négocier ? Négocier quoi ? La longueur de la corde avec laquelle ils nous pendront ?

Ministre – Pour l'instant, il s'agit seulement de temporiser... Le temps de mettre en œuvre notre plan.

Roi – Dans ce cas, je m'en remets à vous. J'espère pour nous deux que je n'aurais pas à le regretter. Il est où, ce chef de la rébellion ?

Ministre – Il est à la porte du palais, avec les autres. Je vais demander à ce qu'on l'introduise.

Roi – Dans ce cas, je vais remettre un peu d'ordre dans ma tenue avant de le recevoir... Je ne voudrais pas lui faire mauvaise impression... Et puis le faire attendre un peu, ça ne peut pas nuire... Pour l'heure, je suis toujours le roi.

Ministre – Et ceux qui vous soutiennent sont prêts à tout pour que vous le restiez...

Ils sortent. La princesse revient accompagnée de sa mère, sur le départ..

Reine – Tu ne veux vraiment pas m'accompagner à Londres ?

Princesse – Je n'ai pas la tête à ça en ce moment, je t'assure.

Reine – Tu ne serais pas amoureuse, par hasard...?

Princesse – Peut-être... mais cela n'a rien à voir. Tu ne vois donc pas ce qui est en train de se passer ?

Reine – Ce que je vois, c'est que pour une princesse, tu es fagotée comme Cendrillon. Ce n'est pas comme ça que tu trouveras chaussure à ton pied. Viens faire un peu de shopping avec moi !

Princesse – En jet privé ?

Reine – Tu ne voudrais tout de même pas que je parte avec une compagnie low-cost !

Princesse – Pourquoi pas ?

Reine – Avec tous ces virus qui traînent en ce moment, voyager au milieu de tous ces pauvres gens qui n'ont même pas les moyens de se payer un avion avec des plateaux-repas...

Princesse – Ces pauvres gens, comme tu dis, ils n'ont même plus les moyens de se payer un vrai repas chez eux. Quant à prendre l'avion...

Reine – Ce n'est tout de même pas de ma faute s'ils sont pauvres...

Princesse – Tu es sûre de ça ?

Reine – Et que veux-tu que j'y fasse ?

Princesse – Tu pourrais au moins faire tes courses dans notre pays...

Reine – Dans notre pays, hélas, les magasins sont vides depuis longtemps... À Londres ils sont très bien achalandés... et ce sont les soldes ! Quelle femme peut résister à l'appel des soldes ?

Princesse – Moi, par exemple.

Reine – Eh bien tant pis pour toi... *(Regardant sa montre)* D'ailleurs, il faut que je te laisse, j'ai un avion à prendre.

Princesse – Il ne risque pas de partir sans toi. C'est l'avion personnel du roi...

Reine – Ah oui, c'est vrai... Je ne m'y ferai jamais... Je me demande comment je faisais avant...

Princesse – Tu t'habillais déjà en soldes, j'imagine, mais au supermarché du coin... Du temps où il y avait encore quelque chose dans les rayons...

Reine – C'est bien loin, tout ça... J'étais vendeuse dans la boucherie de tes grands-parents. C'est là où j'ai rencontré ton père... Parfois, je me demande si on n'était pas plus heureux à l'époque. On était jeunes. On avait un avenir tout tracé. Quand on vieillit, on a besoin de toujours plus d'argent pour être heureux. Le luxe, c'est une drogue. Plus on consomme, plus il faut augmenter les doses pour arriver à satisfaire ses besoins.

Princesse – C'est pour ça que je préfère ne pas commencer.

Le leader de l'opposition apparaît, introduit par le majordome.

Reine – Mais qui est ce beau jeune homme ? C'est ton fiancé ? Il a l'air bien gentil...

Princesse – C'est le leader de l'opposition. Il y a encore cinq minutes, il criait avec les autres sous nos fenêtres qu'il voulait nous couper la tête à tous les trois...

Reine – Ah oui ?

Leader – Mes hommages, votre Majesté...

Reine – En tout cas, il est bien poli... Bon, je vous laisse, il faut que je file...

La reine sort.

Majordome – Si Monsieur veut bien attendre ici, sa Majesté va le recevoir dans un instant.

Le majordome sort.

Leader – Salut ma princesse...

Ils échangent un baiser, mais elle se libère rapidement de son étreinte.

Princesse – Restons prudents. Mon père va arriver...

Leader – J'imagine que pour nous deux, il n'est pas au courant.

Princesse – Non... et ça vaut mieux. Surtout pour toi...

Leader – Tu as raison... D'ailleurs, de mon côté aussi, ça pourrait faire mauvais effet... Le leader de l'opposition qui sort avec la fille du tyran... Mieux vaut garder tout ça secret pour le moment...

Princesse – Et après ?

Leader – Après ?

Princesse – Quand vous aurez détrôné le roi. Qu'est-ce que tu comptes faire ? T'asseoir à sa place sur le trône ?

Leader – Organiser des élections libres, pour commencer. Et si le peuple m'accorde ses suffrages... Mais ce n'est pas encore gagné... Dans quelles dispositions est-il ?

Princesse – Il envisage de se pendre.

Leader – Cela résoudrait une partie de nos problèmes...

Princesse – C'est mon père, malgré tout. Si on pouvait éviter d'en arriver là...

Leader – Pour le moins, cela veut dire qu'il est prêt à négocier.

Princesse – Oui... mais il faudra aussi convaincre sa ministre. Il n'y a pas que le roi. Beaucoup de gens auraient tout à perdre si le monarque était renversé.

Leader – Je ne suis pas naïf, rassure-toi... Je sais qu'aucun dictateur ne peut se maintenir au pouvoir sans l'approbation d'une part non négligeable de la population. Les privilégiés, une partie des classes moyennes, les militaires, les curés... Tous ceux auxquels le régime accorde des faveurs pour s'attacher leur soutien actif, ou pour le moins passif. C'est affreux, mais c'est comme ça : même les génocidaires ont des amis. Au début en tout cas...

Princesse – Tu ne peux quand même pas comparer mon père à un génocidaire.

Leader – Aide-moi à le stopper avant qu'il ne devienne le bourreau de son propre peuple.

Princesse – Je suis de votre côté, tu le sais. Je voudrais seulement éviter que le sang coule encore.

Leader – Cela dépend surtout de ton père...

Le roi arrive accompagné de sa ministre. La ministre marque sa surprise de voir le leader de l'opposition en compagnie de la princesse.

Ministre – Bonjour Monsieur. Mes hommages, Princesse...

Leader – Bonjour Madame... *(Au roi)* Monsieur...

Ministre – Il est d'usage de s'adresser au roi en lui disant votre Majesté. Ou votre Altesse.

Leader – Ce n'est pas faire offense à... votre Majesté, que de lui rappeler qu'il y a quelques années, elle n'était encore que président à vie. Avant d'avoir été tout simplement président élu.

Roi – Princesse, je vous prie de nous laisser, s'il vous plaît.

Princesse – Oui, mon père...

La princesse sort.

Roi – J'ai accepté de vous recevoir pour tenter d'apaiser les choses et éviter une escalade de la violence. Vous comprendrez que nous ne pourrons pas tolérer très longtemps de tels désordres.

Leader – Ces désordres, c'est vous qui les avez provoqués, en imposant par la force un ordre inacceptable.

Ministre – Nous sommes là pour entendre vos revendications.

Leader – Votre politique de pillage systématique des richesses de la Nation au profit d'une caste dirigeante a conduit le pays à la ruine. Nous demandons tout simplement le retour à la démocratie.

Ministre – Vous ne prétendez pas exiger du roi qu'il abdique ?

Leader – Nous ne sommes pas attachés aux symboles. La royauté pourra rester en place, si c'est la solution pour une transition démocratique en douceur. Nous réclamons seulement que l'assemblée soit élue par le peuple. C'est elle qui désignera le Premier Ministre, et c'est lui qui conduira la politique de la Nation.

Roi – Et bien entendu, vous vous verriez bien à ce poste.

Leader – Ce sera aux électeurs d'en décider. Mais oui, je serai candidat.

Ministre – Si nous accédons à votre demande, vous comprendrez qu'il nous faudra quelques garanties.

Leader – Je vous écoute.

Ministre – Nous ne voulons pas avoir à rendre des comptes pour ce qui est du passé. Ce sera donnant donnant : la tenue d'élections libres contre un accord d'immunité.

Leader – Seul l'avenir du pays nous intéresse. Nous ne cherchons pas à nous venger.

Ministre – Très bien, nous allons étudier votre proposition, et nous vous donnerons une réponse dans les meilleurs délais.

Leader – Ne tardez pas trop... Je ne pourrai pas contenir très longtemps la colère de la rue... *(Saluant le roi avec une pointe d'ironie)* Votre Majesté...

Le leader sort.

Roi – Je vous trouve bien conciliante. Si nous acceptons des élections libres, il est évident que nous les perdrons. Je deviendrai au mieux la reine d'Angleterre, au pire je succéderai à Louis XVI sur l'échafaud. Dans quelques années, cet accord d'immunité sera dénoncé, nous serons tous jugés, et vous me tiendrez compagnie dans la charrette qui nous conduira à la guillotine...

Ministre – Je sais tout cela.

Roi – Et alors ?

Ministre – Il s'agit seulement de gagner un peu de temps.

Roi – Du temps ? Pour quoi faire ?

Ministre – C'est le moment de vous exposer mon plan... Mais pour ce faire, je me suis permis de convoquer le général en charge de notre programme d'armes secrètes...

Roi – Très secrètes en effet... Je ne savais même pas que nous avions un tel programme...

Ministre – Le général sera là dans un instant.

Noir

ACTE 2

Le roi est assis sur son trône, jouant aux échecs avec lui-même, il est absorbé dans sa réflexion. La reine arrive, les mains vides, suivie de la femme de chambre, portant un tas de paquets empilés les uns sur les autres.

Reine *(à la femme de chambre)* – Posez tout ça dans mon dressing, mon petit. Vous le rangerez plus tard. Vous devez être fatiguée, vous aussi...

Femme de chambre – Oui votre Altesse.

Reine – Pour l'instant, faites-moi couler un bain... Vous vous reposerez plus tard...

Femme de chambre – Bien votre Majesté.

La femme de chambre sort avec les paquets.

Reine – Mon Dieu, je suis épuisée...

Roi – Tu as trouvé ton bonheur, au moins...

Reine – Je n'ai presque rien acheté.

Roi – Je vois ça...

Reine – Il y avait tellement de monde dans les magasins. Et après on va dire que c'est la crise.

Roi – Les soldes... Ça attire les femmes comme le sang attire les requins...

Reine – Oui, mais là il s'agit des soldes de grandes marques ! Chez Harrods, à Londres ! Je ne pensais pas que ce serait comme la semaine du blanc au supermarché du coin.

Roi – C'est inquiétant, en effet. Quand les femmes des dictateurs en sont réduites à faire les soldes, c'est que leurs maris sont proches du dépôt de bilan... Et que la dictature du prolétariat n'est pas loin...

Reine – Et toi, tu as passé une bonne journée ?

Roi – Je crois que je vais organiser des soldes, moi aussi.

Reine – Au palais ? Et qu'est-ce que tu vas solder ?

Roi – La monarchie, et tous ses symboles ! Liquidation totale avant cessation d'activité définitive. Je pourrais commencer par mettre en vente mon trône et ma couronne. Qu'en penses-tu ?

Reine – Tu ne devrais pas plaisanter avec ça... Bon, après mon bain, je crois que j'irai directement au lit. Je n'ai vraiment pas faim...

Roi – C'est ça notre problème, ma chère. Nous avons perdu l'appétit du pouvoir. Va donc dormir du sommeil des innocents, en espérant que le réveil ne soit pas trop difficile...

Reine – Je te laisse à tes bons mots, je suis trop fatiguée pour les comprendre...

Roi – Bonne nuit, ma reine... *(La reine sort.)* Heureux les simples d'esprits, les bras de Morphée leur sont ouverts... Moi je crois que j'aurais du mal à trouver le sommeil.

Le roi s'affale sur son trône, visiblement accablé. La princesse arrive.

Princesse – Votre Majesté... Je ne vous dérange pas, j'espère...

Roi – Bonsoir ma princesse. Vous ne me dérangez jamais, vous le savez bien. Que me vaut le plaisir de cette visite vespérale ?

Princesse – Je voulais seulement vous souhaiter le bonsoir. Mais vous avez l'air soucieux. Puis-je vous être d'un quelconque secours ?

Roi – C'est le devoir de tous les rois que de se soucier du devenir de leurs sujets. Comme c'est celui de tous les pères de s'inquiéter de l'avenir de leurs enfants...

Princesse – C'est tout à votre honneur de traiter vos sujets comme vos propres enfants.

Roi – Comme des enfants, mes sujets sont parfois turbulents. Il leur arrive aussi de remettre en cause mon autorité.

Princesse – C'est le destin des peuples, comme celui des enfants, que de vouloir un jour s'émanciper.

Roi – Sans doute, quand l'heure est venue... Mais parlons de sujets plus légers... Comment votre journée s'est-elle passée ?

Princesse – Chacune de nos journées nous rapproche un peu plus du précipice, vous le savez bien...

Roi – C'est une pensée bien sérieuse pour une jeune personne de votre âge.

Princesse – À mon âge, vous étiez déjà ministre.

Roi – C'est vrai. Et je ferai tout ce qui est en mon pouvoir pour qu'au mien vous soyez reine. Rien n'est moins sûr aujourd'hui, mais j'y travaille, croyez-moi.

Princesse – Ne vous donnez pas cette peine, je vous assure. Je ne veux pas devenir reine à n'importe quel prix.

Roi – Hélas, je ne suis pas sûr que vous ayez encore le choix de renoncer au trône. L'histoire n'est pas tendre avec les monarques déchus. Plus d'un en a perdu la tête.

Princesse – On peut vivre sans régner.

Roi – En ce qui nous concerne, hélas, je crains que pour continuer à vivre, il nous faille continuer à régner.

Princesse – Même si pour continuer à régner, nous devons massacrer notre propre peuple ?

Roi – Massacrer... C'est un bien gros mot pour une si petite bouche... Allez, ma fille. Je vous épargne pour l'instant les affres du pouvoir. Profitez encore un peu du temps de l'innocence, et laissez-moi prendre seul les lourdes décisions qui s'imposent pour nous garder la tête sur les épaules.

Princesse – Je n'ignore pas que ces décisions sont difficiles, mais je crains que vous ne soyez bien mal conseillé... Votre ministre...

Roi – Il suffit ! Laissez-moi à présent. J'ai une audience dans un instant. Et pour le moment, je reste le roi...

Princesse – Bien votre majesté...

La princesse sort à regret. Le roi reste un instant songeur, contrarié, puis sort à son tour. La femme de chambre arrive, et remet un peu d'ordre dans la pièce. Son regard se porte sur le trône. Elle regarde à droite et à gauche pour vérifier que personne ne vient, puis s'assied avec précaution sur le trône. Elle ferme les yeux, emplie d'émotion, et ne voit pas arriver le majordome.

Majordome – Votre Majesté...?

La femme de chambre sursaute et se lève d'un bond, avant de reconnaître le majordome et de pousser un soupir de soulagement.

Femme de chambre – Vous m'avez fait peur... J'ai cru mourir...

Majordome – Si c'était le roi qui vous avait surprise, vous seriez déjà morte.

Femme de chambre – Ne me dites pas que l'idée ne vous est jamais venue...

Majordome – De vous tuer ?

Femme de chambre – De voir quel effet ça fait d'être assis sur ce trône.

Majordome – Je ne suis pas sûr qu'aujourd'hui, être assis sur ce trône soit une position plus enviable que d'être allongé sur la planche d'une guillotine. Il suffit d'entendre la clameur de la rue pour savoir que les jours du monarque sont comptés.

Femme de chambre – La révolution... Et après ? Qu'allons-nous devenir ?

Majordome – La monarchie n'existe que depuis quelques années, et nous en sommes déjà à nous demander comment nous pourrions lui survivre. C'est pourtant ce monarque qui a conduit le pays à la ruine.

Femme de chambre – C'est vrai. Le peuple préfère souvent la certitude rassurante de l'esclavage plutôt que la glorieuse incertitude de la liberté.

Majordome – Il a tué vos deux précédents maris.

Femme de chambre – C'est pourquoi il m'est si difficile d'en trouver un troisième... Seriez-vous candidat ?

Majordome – Pourquoi restez-vous à son service ?

Femme de chambre – Comme vous, j'imagine. Afin d'être aux premières loges quand on viendra le chercher pour le mener à l'échafaud...

Majordome – Ce qui hélas nous conduira à chercher un autre emploi.

Femme de chambre – Ne soyez pas trop inquiet à ce propos. Roi, dictateur ou président démocratiquement élu, ils ont toujours besoin de quelqu'un pour les servir à table et pour cirer leurs centaines de paires de chaussures.

Majordome – Vous êtes une idéaliste, ma chère.

Femme de chambre – Croyez-moi, la véritable révolution, ce sera quand ceux qui nous gouvernent récureront eux-mêmes la cuvette de leurs chiottes...

Le majordome et la femme de chambre sortent. La princesse revient, accompagnée du leader de l'opposition.

Princesse – Alors, combien ?

Leader – Combien ?

Princesse – Ils n'ont pas essayé de t'acheter ?

Leader – Pour l'instant, ils me proposent un marché. Des élections libres contre une immunité totale pour eux et l'ensemble de la clique au pouvoir.

Princesse – Je vois...

Leader – Tu n'as pas l'air contente. C'est ce que tu voulais, non ? Sauver la tête du roi...

Princesse – Ça ne lui ressemble pas... et ça ne leur ressemble guère.

Leader – Ils ont peur, c'est humain. C'est d'ailleurs à peu près tout ce qui les rapproche encore du genre humain : la peur de mourir.

Princesse – Aucun dictateur au monde n'a jamais accepté de céder le pouvoir au peuple en échange d'une immunité judiciaire, d'une pension de retraite confortable et d'une bonne complémentaire santé.

Le leader semble en convenir.

Leader – En tout cas, peu nombreux sont les dictateurs qui après avoir cédé le pouvoir, sont morts dans son lit.

Princesse – C'est un marché de dupes, et ils le savent très bien.

Leader – Alors pourquoi l'ont-ils proposé ?

Princesse – C'est un piège.

Leader – C'est ce que je pense aussi... Mais comment savoir ce qu'ils complotent ?

La princesse lance un regard inquiet vers les coulisses.

Princesse – On vient... On ne doit pas nous voir ensemble. Cachons nous par ici...

La princesse entraîne le leader derrière une tenture ou un paravent. Le roi arrive. Il fait les cent pas, pensif. Arrive la ministre, accompagnée du général, en tenue militaire et bardé de décorations.

Ministre – Votre Majesté, je vous présente le général en charge de notre arsenal d'armes non conventionnelles.

Général – Votre Altesse...

Roi – Général. Si j'en juge au nombre de médailles que vous arborez au revers de votre veste, vous avez dû vous illustrer dans de nombreuses batailles.

Général – Merci, votre Majesté.

Roi – Ce qui m'étonne un peu, puisque notre pays n'a pas connu de guerre depuis plus d'un demi-siècle.

Général – Il y a bien des façons de servir sa patrie, votre Majesté.

Ministre – Le général dirige depuis plusieurs années des recherches dans le domaine de la guerre électronique et bactériologique.

Roi – Électronique et bactériologique ? Quel rapport entre les deux ?

Général – Les virus, votre Majesté. Qu'ils soient informatiques ou biologiques, le but recherché est le même : perturber le système de défense de l'ennemi pour diminuer ses capacités de réaction.

Roi – En l'occurrence, nous n'avons guère d'ennemis extérieurs.

Général – Pour un militaire, votre Altesse, un ennemi reste un ennemi. D'où qu'il vienne...

Roi – Le suspense a assez duré. Quel est votre plan ?

Ministre – Les scientifiques qui travaillent sur ce programme ultra secret ont réussi à mettre au point un virus extrêmement contagieux.

Roi – Un virus ?

Général – Ce virus était destiné à être utilisé contre des pays étrangers qui nous seraient hostiles, en déclenchant chez eux une épidémie foudroyante qui affecterait leur population, donc leur économie, et leurs soldats, donc leurs capacités militaires...

Roi – Je vois... Une maladie... Une maladie contagieuse...

Ministre – Très contagieuse. Et s'agissant d'un nouveau virus, personne ne dispose encore d'un vaccin.

Le roi mesure avec gravité les implications de ces déclarations.

Roi – Si je comprends bien, vous me proposez de contaminer notre propre peuple ?

Général – C'est le plan de la dernière chance, votre Majesté. Il n'y aura pas de plan B.

Roi – Madame la Ministre ?

Ministre – Les forces de l'ordre sont débordées. La situation sera bientôt incontrôlable.

Roi – Et l'armée, Général ?

Général – Ses moyens ne sont guère adaptés pour le maintien de l'ordre. De plus, les soldats sont toujours plus réticents que les policiers à tirer sur leurs propres concitoyens. Ils ont été entraînés pour faire la guerre, pas pour réprimer des révoltes. Mettre l'armée dans la rue, c'est risquer la fraternisation.

Ministre – Hélas, votre Majesté, je ne vois aucune autre solution pour éviter que la monarchie soit renversée dans les semaines qui viennent. Nous jouons là notre dernière carte. Et il faut agir vite, sinon il sera trop tard.

Roi – Je resterai donc dans l'histoire comme celui qui aura décimé son propre peuple dans le seul but de se maintenir au pouvoir et d'échapper à l'échafaud...

Général – Ce virus n'est pas mortel, votre Majesté. Enfin pas systématiquement... Il s'agit seulement d'affaiblir nos opposants...

Ministre – Bien entendu, personne ne devra savoir qu'il s'agit d'un virus créé artificiellement dans nos laboratoires militaires, et non d'un virus naturel comme il en surgit régulièrement de temps à autre.

Roi – Et vous pensez que cette épidémie lancée contre notre propre peuple suffira à résoudre tous nos problèmes ?

Général – Le but est moins d'éliminer nos opposants les plus actifs que de détourner l'attention du peuple. Pendant qu'il sera occupé à lutter contre cette épidémie, il ne songera pas à manifester.

Ministre – Comme au temps des grandes pestes, les gens ne penseront plus qu'à échapper au virus, ennemi commun de la patrie. Dans ces périodes de crise, on ne pense plus à faire la révolution, mais seulement à sauver sa peau.

Général – Et pour cela, on s'en remet au pouvoir en place. C'est l'union nationale.

Roi – Et après ?

Général – Nous déclarons l'état d'urgence et le couvre-feu. Ce qui nous permettra de reprendre le contrôle de la situation au prétexte de lutter contre la propagation de cette épidémie.

Roi – Ça ne pourra pas durer éternellement... Avec une population pestiférée et une économie à l'agonie, je ne régnerai bientôt plus que sur un champ de ruines parsemé de cadavres...

Ministre – Ce n'est pas l'objectif, bien entendu... Nous ne laisserons pas la situation se dégrader jusqu'à ce point.

Roi – Alors quoi ?

Général – On attend quelques mois, et on sort le vaccin.

Ministre – L'épidémie est vaincue, grâce à l'autorité de l'État, à la sagesse du roi et aux conseils avisés de ses ministres, appuyés par l'armée et par la police.

Général – Vous redevenez populaire. Et on jette les derniers opposants en prison au prétexte de les mettre en quarantaine... Si certains ne survivent pas, tant pis pour eux.

Ministre – Croyez-moi, votre Majesté, le pompier incendiaire, ça marche toujours.

Roi – Sauf justement si on découvre que ce virus est bien artificiel, et que c'est nous qui l'avons volontairement propagé.

Général – Au besoin, on accusera ces terroristes d'avoir eux-mêmes répandu ce virus... et ce sera un motif de plus pour les laisser croupir au fond d'une cellule avant de les fusiller.

Le roi reste perplexe.

Roi – Et si nous étions nous-mêmes contaminés ?

Général – Bien évidemment, nos scientifiques ont déjà mis au point un vaccin efficace contre cette dangereuse maladie. Vous-même, et tous les dignitaires du régime, serez vaccinés avant même que nous diffusions ce virus.

Ministre – Nous sommes donc certains de pouvoir vacciner la population lorsque nous le jugerons opportun.

Silence de mort.

Roi – C'est un plan diabolique... qui pourrait fonctionner. Mais n'est-ce pas jouer aux apprentis sorciers ?

Ministre – C'est la seule solution qui nous reste...

Roi – Combien prévoyez-vous de victimes ?

Général – Nous ne savons pas exactement, mais on ne fait pas d'omelette sans casser des œufs.

Roi – Je vois que vous aimez les expressions populaires, vous aussi, mais dans un langage plus soutenu, cela s'appelle un crime contre l'humanité.

Le roi hésite encore.

Ministre – Seuls les plus faibles périront, votre Majesté. Ceux qui ne sont pas vraiment utiles à la société, ou qui sont une charge pour elle. Les autres s'en remettront, mais personne n'osera plus s'élever contre un gouvernement qui aura si bien géré la crise.

Général – Cette épidémie vous assurera la concorde nationale et la paix sociale pendant au moins une décennie. Vous resterez dans l'histoire comme le sauveur de la Nation.

Ministre – Les gens seront déjà tellement contents d'avoir recouvré la santé. Ils accepteront de travailler deux fois plus pour remettre le pays sur ses rails. Et ils renonceront sans broncher à tous leurs avantages indûment acquis.

Général – Autrefois, on disait en temps de crise : ce qu'il nous faudrait c'est une bonne guerre. Aujourd'hui, je vous le dis, votre Majesté : ce qu'il nous faut c'est une bonne épidémie.

Roi – C'est une décision grave. Il faut que j'y réfléchisse...

Ministre – Bien sûr votre Altesse. Mais rappelez-vous. Le temps presse...

La ministre et le général sortent. Le roi reste songeur, puis sort à son tour. La princesse et le leader quittent leur cachette. Ils ont l'air effondrés, et restent un instant silencieux.

Leader – Ils sont devenus fous...

Princesse – Le roi n'a pas encore dit oui.

Leader – Il dira oui. Il est prêt à tout pour conserver son trône... C'est pour lui une question de vie ou de mort. Et à présent, ça l'est aussi pour nous.

Princesse – Et pour notre peuple.

Leader – Le moment est venu de passer à l'action.

Princesse – Oui... Mais comment arrêter cette machine infernale ?

Le leader réfléchit.

Leader – Si on raconte cette histoire, on ne nous croira pas. Les journaux seront saisis. On nous jettera en prison. Ou pire...

Princesse – Alors c'est à moi d'agir. Mon père n'osera pas me tuer.

Leader – En es-tu sûre ?

Princesse – On n'a pas le choix.

Leader – Qu'est-ce que tu es prête à faire pour épargner au pays ce génocide ?

Princesse – Je suis prête à me sacrifier.

Leader – Tu pourrais le tuer ?

Princesse – Tu ne peux pas me demander ça...

Leader – Brutus a bien tué César, pour l'empêcher de se proclamer roi.

Princesse – Ça ne lui a pas beaucoup réussi. Un dictateur en a remplacé un autre.

Leader – Alors c'est moi qui vais m'en charger.

Princesse – Si tu m'aimes, ne fais pas ça.

Leader – Même si des millions de vie sont en jeu ?

Princesse – En usant des mêmes méthodes que le tyran, tu seras bientôt un dictateur, toi aussi. Tu te contenteras de prendre sa place. Et dans quelques années, un autre viendra pour te détrôner.

Songeur, le leader aperçoit le jeu d'échecs, il s'approche et déplace une pièce.

Leader – C'est une partie d'échecs. Et sur l'échiquier politique, il faut que l'un des deux camps l'emporte sur l'autre.

Princesse – Pour qu'à la fin, il ne reste qu'un seul roi. En n'hésitant pas à sacrifier les pions pour gagner la partie.

Leader – Pour que les blancs l'emportent sur les noirs... Le bien contre le mal.

Princesse – Mais les échecs excluent toute notion de morale. Les blancs et les noirs sont parfaitement interchangeables. On tire simplement au sort au début pour savoir qui ouvrira les hostilités.

Leader – C'est le jeu du pouvoir.

Princesse – Un jeu absurde, puisqu'avec la défaite de l'adversaire, c'est aussi la partie qui se termine. Et que le seul avenir possible est une éventuelle revanche. Tant qu'on ne changera pas la règle, la guerre continuera.

Leader – Comment épargner ton père avant que ce soit lui qui me tue ?

Princesse – Je ne le laisserai pas faire.

Leader – Et si tu devais choisir entre ma vie et la sienne ?

Princesse – Si je dois choisir entre sa vie et celle de millions de gens, je prendrai mes responsabilités.

La princesse et le leader sortent. La reine arrive, accompagnée du majordome.

Reine – C'est absolument affreux ! Les gens ne respectent vraiment plus rien. Mais comment est-ce possible ?

Majordome – Je ne sais pas, votre Majesté. Quelques-uns de ces terroristes, plus déterminés que les autres, ont réussi à pénétrer dans le palais. Avant d'être repoussés par notre service d'ordre, ils ont réussi à pénétrer dans vos appartements, et à les piller. Ils sont partis en emportant tout ce qu'ils ont trouvé dans le dressing de votre Altesse.

Reine – Tous les achats que j'avais faits à Londres... Sans parler de mes deux mille paires de chaussures. C'est bien simple, regardez. J'en suis réduite à marcher pieds nus !

Majordome – Je vais de ce pas quérir une paire de mules pour votre Majesté.

Reine – Mais que voulez-vous que je fasse d'une paire de mules, mon brave ? Nous n'avons pas encore décidé de fuir le pays, que je sache. Et vous pensez bien que si nous le faisions, nous partirions avec notre jet privé, pas à dos de mule.

Majordome – Je parlais seulement d'aller chercher une paire de chaussons pour votre Altesse...

Le roi arrive.

Roi – Laissez-nous, je vous prie. (*Le majordome sort.*) Vous n'êtes pas blessée, au moins ? Et la princesse non plus ?

Reine – Non, mais j'ai peur. Cette farce tourne à la tragédie. Comment tout cela va-t-il finir ?

Roi – Si j'étais l'auteur de cette sinistre comédie, je pourrais vous le dire. Hélas, je n'en sais pas plus que vous. Et je ne suis même pas sûr que l'auteur lui-même sache comment terminer cette histoire abracadabrante.

Reine – Alors qu'allez-vous faire ?

Roi – Je vais prendre les décisions qui s'imposent, je vous le promets, afin que l'ordre revienne dans ce pays.

La ministre et le général reviennent.

Ministre – Votre Majesté. Madame...

Roi – Je vais vous demander de nous laisser. Le devoir m'appelle...

Reine – Sois ferme, mon chéri. Souviens-toi de ce que disait toujours ton père dans ces moments-là...

Roi – Ah oui ? Et que disait-il ?

Reine – Tout de suite, là, ça ne me revient pas... Je suis tellement bouleversée par tout ça... Mais je suis sûre que c'était très approprié. Et il faut toujours suivre les conseils de ses parents. Messieurs...

La reine sort.

Ministre – L'heure n'est plus à tergiverser, votre Majesté. Comme vous le voyez, la situation est sur le point de nous échapper.

Roi – Votre plan est-il opérationnel dès maintenant ?

Général – Tout est prêt votre Altesse. Nous n'attendons plus que votre feu vert.

Roi – Comment allez-vous diffuser cette maladie ?

Général – C'est un virus qui se propage par la voie aérienne. Nous l'introduirons dans le système de climatisation des édifices publics, dans les gares, les écoles, les églises, les sex-shops, les clubs échangistes...

Ministre – Ce virus est très contagieux. L'épidémie se propagera comme une traînée de poudre.

Roi – Et toute la population sera atteinte ?

Général – Ce n'est pas le but. Ce que nous voulons c'est créer une psychose. Les gens seront prêts à toutes les concessions pour se protéger. Ils s'en remettront au gouvernement et à l'armée.

Roi – Mais tous ne mourront pas, n'est-ce pas ?

Général – Seulement les plus faibles, je vous l'ai dit. Les plus âgés. Ceux qui sont déjà fragilisés par d'autres affections. Les plus jeunes et les plus forts s'en sortiront.

Ministre – Il faut quand même en garder quelques-uns en bonne santé pour qu'ils puissent continuer à travailler à notre enrichissement.

Roi – Qu'est-ce qui nous garantit que l'épidémie restera sous contrôle ?

Le général brandit un flacon.

Général – Ça, votre Altesse.

Roi – Ça ?

Ministre – C'est le vaccin. Nous l'avons testé. Il est parfaitement au point.

Silence.

Général – Quelle est votre décision, votre Majesté ?

Le roi fait mine d'hésiter encore un instant.

Roi – Vous avez mon accord.

Ministre – C'est une décision grave, votre Altesse, qui implique la responsabilité de toute la hiérarchie politique et militaire. Je me suis permis de rédiger un ordre officiel que je vous demande de parapher et de signer... Bien entendu, ce document restera secret.

Roi – Alors pourquoi consigner cela par écrit ?

Général – Disons que... ce sera pour nous une sorte d'assurance-vie. La preuve que nous n'avons pas déclenché cette épidémie de notre propre chef, mais que c'était une décision collective prise au sommet de l'État, et que vous assumez personnellement vous aussi.

La ministre met sous le nez du roi un document et elle lui tend un stylo. Le roi les regarde tour à tour l'un et l'autre, méfiant, puis il signe. Il exhibe ensuite le document face au public à la manière d'un Donald Trump. La ministre reprend le document.

Ministre – Très bien, votre Majesté. Nous allons vous vacciner immédiatement.

Roi – Vous ? Vous savez bien que j'ai une sainte horreur des piqûres, et vous n'êtes pas infirmière...

Général – Rassurez-vous, votre Majesté. Nous allons vous administrer ce vaccin par voie anale.

Roi – Pardon...?

Ministre – Orale... Le général voulait dire orale, bien sûr. Par voie orale, votre Altesse.

Le général tend au roi plusieurs comprimés dans sa paume ouverte. Le roi a un mouvement de recul.

Roi – Vous n'essayez pas de m'empoisonner, au moins ?

Général – Il y a ici trois comprimés. Choisissez le vôtre, nous avalerons les deux autres.

Le roi choisit avec méfiance un comprimé. Le général et la ministre prennent chacun un des deux autres comprimés et l'avalent. Le roi à son tour met le comprimé sur sa langue mais il est tellement tendu qu'il l'avale de travers et s'étrangle. Sous le regard atterré des deux autres, il se met à tousser bruyamment.

Roi – De l'eau, de l'eau...

La ministre saisit la cloche et l'agite. Le roi continue à tousser et à s'étouffer. La femme de chambre arrive.

Général – Un verre d'eau, vite !

Femme de chambre – Bien Monsieur, tout de suite Monsieur...

La femme de chambre sort, affolée. Le roi continue à s'étouffer. La femme de chambre revient avec un verre d'eau qu'elle tend au roi. Celui-ci s'en saisit et boit avec avidité. Mais il continue à étouffer. La femme de chambre se place alors derrière lui, place ses mains sur son ventre, et opère une série de pressions comme dans la manœuvre de Heimlich, préconisée en cas de fausse route. Ce mouvement ambigu peut cependant évoquer une pénétration par derrière, et les autres présents en restent interloqués.

Femme de chambre – J'ai vu faire ça à la télé. C'est ce que les médecins préconisent pour venir en aide à quelqu'un qui s'étrangle...

Le roi tousse à nouveau, puis commence à reprendre son souffle.

Ministre – Ça va mieux, votre Majesté ?

Roi – Oui... Ça fait du bien... *(Il jette un regard empli de gratitude à la femme de chambre.)* Merci, mon petit.

Général – Vous nous avez fait peur...

La femme de chambre est toujours là, mais personne ne fait plus attention à elle.

Roi – J'espère que ce n'est pas un mauvais présage... Votre virus est supposé empoisonner le peuple, et j'ai failli m'étrangler en avalant le vaccin... Vous croyez vraiment que ça va marcher ?

Ministre – J'en suis certaine, votre Majesté..

Général – Demain vous serez en pleine forme, et parfaitement immunisé.

Ministre – Tandis que tous vos opposants seront frappés par ce virus.

Roi – Dieu vous entende... ou plutôt le diable.

Le roi sort, soutenu par la femme de chambre, qui a entendu la fin de cette conversation.

Général – Vous êtes sûre qu'on ne fait pas une connerie...? Tout ça pour sauver la tête de cet imbécile, qui ne sait même pas avaler une pilule sans s'étrangler.

Ministre – Soyez tranquille, Général. C'est nous qui garderons le contrôle de ce vaccin. Il ne sera efficace que pendant une année tout au plus. Le temps que ce virus ait muté. Ceux qui voudront rester immunisés devront en passer par nous, et le roi ne sera plus qu'une marionnette entre nos mains. S'il ne veut pas mourir lui aussi, il devra faire ce qu'on lui dira.

Général – Et si ça tourne mal ?

Ministre – Nous publierons ce document... qu'il n'a même pas pris la peine de lire, et qui lui impute l'entière responsabilité de ce génocide.

Général – Vous êtes le diable en personne. *(Il s'approche d'elle.)* Mais un diable dans le corps d'une sirène. Et je crains fort d'avoir moi aussi déjà succombé à votre chant...

Ministre *(enjôleuse)* – Jusqu'où êtes-vous prêt à me suivre, général ?

Le général la prend dans ses bras.

Général – Je vous suivrai jusqu'en enfer s'il le faut, pourvu qu'il y ait là-bas une suite royale pour abriter nos amours...

Ils s'embrassent. Elle se tourne vers le trône.

Ministre – Demain, c'est moi qui serai assise sur ce trône. Et je ferai de vous mon roi.

Général – Un roi consort, en tout cas. Mais je vous laisse volontiers la couronne, pourvu que vous me cédiez une part de la galette.

Ministre – On s'en paiera une bonne tranche, je vous le promets.

Général – J'y veillerai... J'ai conservé des documents, moi aussi, qui nous lient tous les deux l'un à l'autre plus étroitement qu'un contrat de mariage.

Ministre – Je vois que la confiance règne.

Général – Ne me prenez pas pour plus naïf que je suis. Mais j'avoue que votre talent de bonimenteuse nous aura bien servi pour convaincre le roi. Quelle comédienne vous auriez fait ! Vous n'avez jamais songé à faire du théâtre ?

Ministre – Je n'ai peut-être pas dit mon dernier mot...

Ils sortent. Le roi revient et s'assied en face du jeu d'échecs, songeur. La princesse arrive.

Princesse – La femme de chambre m'a dit que vous aviez fait une fausse route.

Roi – En effet, je ne suis pas sûr d'avoir choisi le bon chemin... et j'espère que cette décision ne me restera pas en travers de la gorge.

Princesse – Je suis venue voir si tout allait bien.

Roi – Cela va mieux, merci.

La princesse aperçoit le jeu d'échecs.

Princesse – Vous n'avez toujours pas trouvé d'adversaire à votre mesure ?

Roi – Personne ne veut plus jouer avec moi, je ne sais pas pourquoi...

Princesse – Ils ont peur.

Roi – Peur de perdre ?

Princesse – Ou peur de gagner...

Roi – Voulez-vous faire une partie ?

Princesse – Vous êtes sûr ?

Roi – La dernière fois que nous avons joué ensemble, vous n'étiez encore qu'une enfant.

Princesse – Vous me battiez à chaque fois.

Elle s'assied en face de lui de l'autre côté de l'échiquier. Il prend un pion dans chaque main, met ses mains derrière son dos, puis lui présente ses deux mains refermées.

Roi – Les blancs commencent.

Elle désigne l'une des mains de son père, qui lui présente sa paume ouverte. Apparaît un pion blanc.

Princesse – C'est donc moi qui commencerai.

Elle déplace une première pièce. Le roi en déplace une autre.

Roi – Pourquoi ne jouons-nous plus ensemble ?

Princesse – Le temps éloigne les parents des enfants à mesure qu'ils grandissent.

Roi – Vous aviez peur que je vous batte ?

Princesse – Ou bien j'avais peur de gagner.

Ils déplacent tour à tour quelques pièces.

Roi – Je n'aime pas jouer avec les noirs.

Princesse – Il n'y a pourtant aucune différence avec les blancs.

Roi – Le noir me fait peur... Vous aussi, lorsque vous étiez enfant, vous aviez peur du noir.

Princesse – Et vous n'étiez pas souvent là pour me rassurer...

Roi – Je le regrette parfois, croyez-le bien. Mais on ne peut pas changer le passé.

Elle bouge une dernière pièce.

Princesse – Et voilà... Échec et mat.

Roi – Le coup du berger. J'avais oublié.

Princesse – Ou bien vous m'avez laissé gagner.

Roi – Et vous m'avez laissé perdre...

Princesse – Allez-vous me tuer, moi aussi ?

Roi – Vous m'en croyez capable ?

Ils échangent un regard plein de sous-entendus. Elle sort. Le roi balaie d'un coup de main les pièces restant sur l'échiquier. La ministre arrive avec le leader de l'opposition, qui jette un regard intrigué sur l'échiquier.

Leader – Votre Majesté...

Le roi se reprend, et se fait soudain excessivement aimable.

Roi – Asseyez-vous, cher ami, je vous en prie.

Leader – Si cela ne vous dérange pas, je préfère rester debout.

Roi – Souhaitez-vous au moins un rafraîchissement, ou une boisson chaude ?

Leader – Non merci, je n'ai pas soif. Et je ne suis pas venu ici pour prendre le thé.

Le roi tente de plaisanter.

Roi – Vous n'avez pas peur qu'on vous empoisonne, au moins ?

La ministre lui lance un regard réprobateur.

Leader – Vous avez souhaité me voir. Je vous écoute.

Ministre – Le roi est d'accord pour que se tiennent dans les meilleurs délais des élections libres.

Roi – Je m'y engage, et je veillerai personnellement à ce que le scrutin se déroule dans les meilleures conditions.

Leader – Voilà qui est tout à fait rassurant... J'en prends note, et j'en avertirai tous ceux qui m'ont désigné pour les représenter.

Roi – J'en conclus que vous serez candidat ?

Leader – Le peuple a besoin d'un nouveau chef.

Ministre – Vous avez vite repris à votre compte notre vocabulaire martial. Attention de ne pas finir dictateur, vous aussi...

Leader – Vous êtes donc si sûre de ma victoire ?

Roi – Le peuple a déjà tranché. Il veut du changement. Mon seul souci est de permettre une transition dans le calme, en évitant de verser inutilement le sang précieux de nos concitoyens.

Leader – Ce souci vous honore, mais il est bien tardif. Il y a des années que vous faites couler le sang de vos opposants pour vous maintenir sur le trône. Qu'est-ce qui vous décide aujourd'hui à renoncer au pouvoir ?

Roi – Aucun dictateur même le plus sanguinaire ne peut se maintenir éternellement à la tête de l'État sans le soutien du peuple.

Leader – Nous ferons tout pour que cette transition se passe dans le calme.

Ministre – Y compris en garantissant à notre roi et à ses plus fidèles soutiens une sortie honorable ?

Leader *(ironique)* – Honorable ?

Ministre – Disons acceptable, alors.

Leader – Nous ne sommes pas animés par un sentiment de vengeance, mais par une soif de justice.

Ministre – Selon qui dirige son bras, la justice peut aisément être l'instrument de la vengeance. Nous vous prions donc d'être plus clair.

Leader – C'est le rétablissement de la justice sociale que nous voulons. Nous sommes d'accord pour une amnistie générale en ce qui concerne les crimes du passé.

Roi – Très bien. Dans ce cas, je laisserai Madame la Ministre régler plus tard avec vous les détails de cet accord et organiser le scrutin. Nous nous reverrons bientôt...

Le roi sort. La ministre et le leader se toisent du regard.

Leader – Vous me semblez bien conciliants tout à coup... Quel piège cela peut-il bien cacher ?

Ministre – Le roi a vieilli, voilà tout. Il cherche une porte de sortie. Mais il veut protéger ses arrières, c'est normal.

Leader – Et vous ? À quel jeu jouez-vous ?

Ministre – Aux échecs, peut-être.

Leader – À ce jeu-là, nous risquons tous de perdre beaucoup.

Ministre – Nous pourrions nous entendre pour éviter cela.

Leader – Je pensais que c'était ce que nous venions de faire...

Ministre – C'est un marché de dupes, vous le savez bien. Si vous accédez au pouvoir, vous ne laisserez pas la famille royale et son entourage couler des jours heureux aux frais du contribuable. Le peuple vous demandera des comptes. Il voudra se venger. Je me méfie du peuple...

Leader – Qu'est-ce que vous proposez ?

Ministre – Si le pays venait à traverser une crise, vous pourriez participer à un gouvernement d'union nationale.

Leader – Vous avez des raisons de penser que le pays va connaître une crise encore plus grave que celle que nous traversons déjà ?

Ministre – La période est troublée. Et le roi est un homme du passé. Je vous laisse y réfléchir...

La ministre sort. Entre la princesse.

Princesse – Vous avez l'air de bien vous entendre finalement... Qu'est-ce qu'elle voulait ?

Leader – Me proposer d'entrer au gouvernement...

Princesse – C'est la plus maligne de la bande, et donc dangereuse. C'est d'elle dont il faut se méfier.

Leader – Le roi a-t-il pris sa décision ?

Princesse – Ils ont lancé l'opération...

Leader – Comment peux-tu en être certaine ?

Princesse – J'ai mes informateurs, moi aussi...

Leader – Je m'en doutais... Sinon ils n'auraient pas été aussi accommodants.

Princesse – Cela n'a pas l'air de t'inquiéter...

Leader – J'ai un plan...

Princesse – Un plan ?

Leader – Il est encore trop tôt pour t'en parler.

Princesse – Tu n'as plus confiance en moi ?

Leader – Disons que... je ne veux pas te mettre dans une situation embarrassante, mais tu sauras bientôt...

Princesse – En attendant, des milliers de gens risquent de mourir.

Leader – Pas si mon plan réussit... Ne restons pas là.

Ils sortent. Le roi revient, accompagné de la femme de chambre.

Roi – Vous m'avez sauvé la vie, tout à l'heure, mon petit. Pourquoi avoir fait ça ? Ne souhaitez-vous pas ma mort, comme tout le monde dans ce royaume ?

Femme de chambre – Je n'ai pas réfléchi, votre Majesté. C'était un réflexe. Quand on voit un chien se noyer, on oublie un instant qu'il vous a mordu.

Roi – Quoi qu'il en soit, je ne suis pas un ingrat, et je saurai me souvenir de votre geste...

Femme de chambre – Votre Altesse royale est trop bonne.

Roi – Je considère que je vous dois une vie. C'est une dette d'honneur.

Femme de chambre – Merci votre Majesté.

Roi – Vous avez entendu ce que nous avons dit quand vous étiez là ?

Femme de chambre – Je n'ai pas pour habitude d'écouter les propos qui ne me sont pas destinés, votre Altesse.

Roi – Pour avoir entendu cette conversation, j'aurais dû vous tuer. Je vous laisse la vie. Considérez que nous sommes quittes.

Femme de chambre – Bien votre Majesté.

Le roi regarde le jeu d'échecs.

Roi – Une petite partie ?

Femme de chambre – Je ne sais pas si...

Roi – C'est un ordre.

Femme de chambre – Dans ce cas...

Roi – À vous l'honneur de commencer. Mais je prends les blancs.

La femme de chambre ouvre la partie. Le roi bouge une autre pièce, et ainsi de suite. Le roi mange plusieurs pièces successivement.

Femme de chambre – Vos chevaux sont très en forme, votre Majesté... Ils sautent beaucoup plus loin que les miens...

Roi – Voulez-vous insinuer que je triche ?

Femme de chambre – Mais pas du tout, votre Majesté !

Roi – C'est à vous de jouer.

Elle bouge une tour, que le roi lui mange.

Femme de chambre – Je perds ma deuxième tour.

Roi – Concentrez-vous, mon petit. Regardez, je vous mange aussi votre reine.

Femme de chambre – Votre Altesse joue trop bien pour moi. Je ferais mieux d'abandonner...

Roi – Non. Il faut continuer jusqu'au bout. Il vous reste encore un fou en plus de votre roi.

Femme de chambre – D'accord, je vais faire plus attention.

Le roi mange aussi le dernier fou.

Roi – Tant qu'il vous reste un pion, rien n'est encore perdu.

Femme de chambre – C'est vrai...

Roi – Et voilà, je vous mange aussi votre pion.

Femme de chambre – Cette fois mon roi reste tout seul, et sans défense.

Roi – Mais vous n'êtes pas encore échec et mat !

Femme de chambre – Je n'ai plus aucune chance de gagner.

Roi – Non... Mais il faut continuer jusqu'à la fin... Ne pas priver le vainqueur du plaisir de cette mise à mort. Imaginez que dans une corrida, on arrête la course dès que le taureau a versé sa première goutte de sang...

Femme de chambre – Très bien... alors continuons.

Roi – Et voilà. Cette fois c'est fini. Échec et mat.

Femme de chambre – Votre Altesse joue vraiment trop bien pour moi. Elle ferait mieux de trouver un adversaire à sa mesure.

Roi – Le plus sûr moyen de ne pas être battu, mon petit, c'est de décourager tous vos adversaires de se mesurer à vous...

Femme de chambre – Et s'ils osent malgré tout vous défier...?

Roi – Dans ce cas, il ne reste plus qu'une solution.

Femme de chambre – Je serai curieuse de la connaître.

Roi – Si quelqu'un vous arrache la victoire par surprise, vous changez la règle du jeu après coup pour le disqualifier.

Le roi sort. La femme de chambre range le jeu. Le majordome arrive.

Majordome – Ah, vous avez eu droit à la partie d'échecs, vous aussi...

Femme de chambre – Oui...

Majordome – Pas facile de jouer contre un vrai roi, n'est-ce pas ?

Femme de chambre – Non, en effet... Parce que lui joue sa propre vie. Mais il joue tellement mal... même en trichant. J'ai cru que je ne réussirais jamais à le laisser gagner...

Noir

ACTE 3

Comme au début du premier acte, le roi, assis sur son trône, lit le journal, qui cette fois titre sur l'épidémie : la contagion se propage, les hôpitaux sont débordés, on manque de papier toilette. La femme de chambre arrive, elle porte un masque. Sur la table basse les restes d'un petit déjeuner posé sur un plateau.

Femme de chambre – Puis-je desservir le petit déjeuner de votre Altesse ?

Roi – Je vous en prie, mon petit...

La femme de chambre se saisit du plateau.

Femme de chambre – Je vois que votre Majesté a retrouvé l'appétit.

Roi – Pardon ?

Femme de chambre *(plus fort)* – Votre continental breakfast ! Votre Altesse a tout mangé...

Roi – Je suis déjà un peu sourd, alors avec ce masque... Il faudra songer à faire un trou pour la bouche, parce que je vous comprends très mal.

Femme de chambre – Je ne fais que respecter les consignes sanitaires, votre Majesté. Pour éviter que cette terrible maladie qui ravage le pays se propage aussi au palais.

Roi – Ah, oui... La maladie, bien sûr...

Femme de chambre – En tout cas, je suis ravie de voir que votre Altesse est en parfaite santé.

Roi – C'est vrai. Il y a quelques temps je songeais à me pendre, mais cette épidémie m'a remonté le moral...

Femme de chambre – Comme quoi le malheur des uns...

Le majordome arrive, il porte également un masque.

Majordome – Votre Majesté, Madame la Ministre est ici avec le général, et ils souhaiteraient voir votre Majesté, si votre Majesté est visible.

Roi – Qu'ils entrent... Mais essayez d'articuler, vous aussi. Et de faire des phrases plus courtes. Parce qu'avec ces satanés masques...

Majordome – Bien votre Majesté.

La ministre et le général arrivent. Le majordome et la femme de chambre sortent.

Ministre – Bonjour Majesté. Vous avez lu la presse ?

Roi – Oui... *(Avec un grand sourire)* C'est une véritable tragédie...

Ministre – La maladie se propage... C'est la panique... Les gens restent terrés chez eux de peur d'être contaminés...

Roi – Au moins ils ne sont pas sous mes fenêtres à hurler qu'ils voudraient me voir pendu.

Général – Plus aucun risque de ce côté-là, votre Altesse. Nous avons pris aussitôt des mesures drastiques pour lutter contre l'épidémie. La loi martiale a été décrétée. Et toute la population est assignée à résidence.

Roi – Vous croyez que ça suffira pour redorer notre blason ?

Ministre – C'est un début. Mais d'après un premier sondage, votre cote de popularité a déjà bondi de vingt points après votre discours.

Roi – Oui, je crois que j'ai été assez bon, n'est-ce pas ?

Ministre – J'ai adoré quand vous avez dit « nous sommes en guerre contre un ennemi invisible ».

Roi – C'est vous qui l'avez écrit, ce discours.

Ministre – Ah oui, c'est vrai...

Roi – Bon... Et maintenant, qu'est-ce qu'on fait ?

Général – On attend quelques jours, et on annule les élections qui étaient prévues, en invoquant ce contexte sanitaire exceptionnel.

Roi – Et le vaccin ?

Ministre – On va attendre un peu avant d'annoncer sa découverte par nos laboratoires. Il faut que ça reste crédible.

Général – Plus on attendra, plus les gens auront peur pour leur vie. Et plus ils nous seront reconnaissants d'avoir trouvé le remède à cette terrible épidémie.

Roi – Pour l'instant, d'après le journal, ils ont surtout peur de manquer de papier toilette...

Ministre – La maladie commence par une diarrhée, en effet.

Roi – Une diarrhée ? Et vous pensez que ce sera suffisant pour créer la panique ?

Général – D'après nos experts, il devrait y avoir quelques cas graves. Suffisamment pour que les hôpitaux soient débordés et pour déclencher une psychose collective.

Roi – Et vous êtes sûrs que le vaccin est efficace ?

Général – À cent pour cent.

Roi – Et ma femme ? Et ma fille ?

Ministre – Rassurez-vous, nous leur avons fait absorber le vaccin à leur insu.

Roi – Très bien. En effet, je préfère qu'elles ne soient au courant de rien. Surtout ma fille... Je ne suis pas sûr qu'elle approuverait ma décision... Vous êtes mère, vous aussi, savez comment sont les jeunes à cet âge. Encore plein d'illusions.

Ministre – Je n'ai pas d'enfants, votre Altesse.

Roi – Vous avez bien de la chance. Et vous Général ?

Général – Pas encore votre Majesté.

Roi – Pas encore...? Mais vous avez quel âge ?

La ministre juge opportun de revenir à l'essentiel.

Ministre – J'ai convoqué le leader de l'opposition, votre Altesse, pour convenir avec lui d'une trêve et d'un report des élections. Il sera là dans un instant.

Roi – Parfait... Vous croyez qu'on pourrait le retourner en notre faveur ? En l'échange d'un gros virement sur un compte dans un paradis fiscal, et d'un poste de ministre dans un gouvernement d'union nationale.

Ministre – Je ne suis pas sûre, votre Altesse... Je l'ai discrètement sondé sur ce point mais... c'est un pur, hélas... Un idéologue...

Général – Et un dangereux gauchiste...

Roi – On pourrait lui faire comprendre que c'est ça ou la prison. Même les idéologues sont capables de comprendre ça, non ?

Ministre – Je ne sais pas, votre Majesté. Et puis...

Roi – Et puis quoi ?

Ministre – Votre Altesse n'est vraiment pas au courant ?

Roi – Au courant de quoi ?

Ministre – C'est l'amant de la princesse, votre Majesté.

Roi – L'amant de qui ?

Ministre – De votre fille.

Roi – L'amant de ma fille ? Non...?

Ministre – Si, Majesté, je le crains, hélas...

Roi – Comment le savez-vous ? Vous le saviez, vous, Général ?

Général – Tout le monde le sait, votre Majesté.

Roi – Tout le monde sauf moi...

Général – Ce sont des choses que les pères ne veulent pas toujours voir.

Le roi mesure toutes les implications de cette nouvelle.

Roi – Et si je le faisais fusiller ?

Général – Votre fille vous en voudrait sans doute un peu pendant quelques temps, mais...

Roi – Bien sûr, je ne peux pas mécontenter la princesse...

Ministre – C'est une affaire délicate, en effet, qui requiert un certain doigté...

Roi – Vous avez raison... Et si on leur passait la corde au cou à tous les deux ?

Général – La pendaison ? Plutôt que le peloton d'exécution ? Si votre Majesté pense que c'est une mort plus douce... surtout pour sa propre fille.

Roi – Mais non, imbécile ! C'est une expression populaire ! Passer la corde au cou à quelqu'un, ça veut dire le marier. Et si on les mariait ?

Ministre – Les marier ? Et pour quoi faire ?

Roi – Pour les neutraliser tous les deux ! Lui perdrait toute crédibilité aux yeux de l'opposition et elle... Comment continuer de comploter contre un père qui vous accorde la main de l'homme que vous aimez, alors que c'est son pire ennemi ?

Général – Évidemment, vu comme ça...

Roi – Un mariage entre la fille du roi et le chef de l'opposition, c'est encore mieux qu'un gouvernement d'union nationale, non ?

Ministre – Quoi qu'il en soit, je l'ai convoqué au palais pour lui exposer la situation, et que nous convenions ensemble des mesures à prendre...

Roi – Bien sûr, bien sûr... Sa mère est au courant aussi ?

Ministre – Sa mère...?

Roi – La reine ! Ma femme ! La mère de la princesse ! Elle est au courant de cette idylle ?

Ministre – Je pense qu'elle doit s'en douter, mais...

Roi – Ah, justement la voici...

Ministre – À tout à l'heure, votre Majesté.

Général – Votre Altesse...

La reine arrive. La ministre et le général sortent.

Reine – Mais qu'est-ce que c'est que cette comédie ? Le majordome et la femme de chambre portent des masques à présent ! Serions-nous désormais les héros infortunés d'une Commedia dell'Arte ?

Roi – Il s'agit d'une épidémie, ma chère. Une terrible épidémie. S'ils portent des masques, c'est pour ne pas vous contaminer.

Reine – Et nous, nous n'en portons pas ?

Roi – Rassurez-vous, nous, nous sommes vaccinés...

Reine – Ah bon ?

Roi – Pardon, je veux dire que... nous sommes à l'abri, ici, au palais. Tandis que les domestiques, eux, sont en contact avec l'extérieur. Il suffit donc qu'ils soient masqués, pour ne pas nous envoyer leurs postillons à la figure, comme certains comédiens aux spectateurs du premier rang.

Reine – Et c'est tout ce que vous comptez faire pour lutter contre ce fléau ? Mettre une muselière au majordome et à la bonne pour les empêcher de baver ?

Roi – Pour l'instant, on ne peut rien faire d'autre... On reste confinés au palais, en attendant que nos chercheurs trouvent un vaccin contre cette épouvantable maladie. Ils y travaillent jour et nuit, je vous assure...

Reine – Confinés ? Mais c'est affreux ! J'avais prévu d'aller chez le coiffeur ! Il y a au moins trois jours que je n'y suis pas allée. Regardez ça ! Je suis coiffée comme une folle...

Roi – Je crains que vous ne deviez attendre encore un peu. Mais dites-moi, ma chère... vous saviez que notre princesse avait une aventure avec le leader de l'opposition ?

Reine – Vous voulez parler de ce beau jeune homme que j'ai croisé hier au palais ?

Roi – Vous étiez donc au courant...

Reine – Les mères sentent ces choses-là, vous savez...

Roi – Et si on les mariait ? Un mariage royal, rien de tel pour redorer le blason d'une monarchie en faillite, n'est-ce pas ?

Reine – Un mariage princier ? En pleine épidémie ? Vous n'y songez pas !

Roi – C'est vrai, j'avais oublié... D'ailleurs, je commence à me demander si c'était une si bonne idée que ça, cette épidémie... Alors que tout pouvait s'arranger par un mariage, comme dans les contes de fées...

Reine – Une idée ? Comment ça, une idée...

Roi – Pardon, je voulais dire... Oui, vous avez raison, il serait bon d'attendre que cette épidémie soit sous contrôle pour célébrer leurs noces, évidemment... D'ailleurs, nous avons interdit tous les mariages et tous les enterrements jusqu'à nouvel ordre pour éviter la contagion.

Reine – Les enterrements aussi ? Mon Dieu, dans quelle époque vivons-nous... Les frigos de tous ces pauvres gens étaient déjà vides, maintenant ce sont eux qui vont remplir ceux de la morgue en attendant la permission pour se faire enterrer. Bon, je vous laisse... Je ne sais pas ce que j'ai... Je crois que j'ai un peu mal au ventre... Avec toutes ces émotions...

Roi – Bien sûr... *(Songeur, pour lui-même)* Je croyais qu'elle était vaccinée, elle aussi...

Reine – Je ne vous embrasse pas...

Roi – Non, en effet, c'est plus prudent.

La reine sort. Le majordome revient, toujours masqué.

Majordome – Votre Altesse, Madame la Ministre est ici avec... un monsieur, et ils souhaiteraient voir votre Majesté, si votre Majesté est visible.

Roi – Visible ? Qu'est-ce que c'est que ce charabia ? J'ai pourtant demandé à tous les domestiques qui portent un masque de faire des phrases courtes pour bien se faire comprendre.

Majordome – Pardon, votre Majesté.

Roi – Visible ! Vous voyez bien que je suis visible. Est-ce que vous me voyez, vous ?

Majordome – Oui votre Altesse.

Roi – Donc c'est que je ne suis pas l'homme invisible !

Majordome – Non votre Altesse.

Roi – À propos de voir et de ne pas voir, mon brave, vous saviez, vous, que ma fille avait une liaison avec... ce monsieur, comme vous dites.

Majordome – Votre Majesté, ma fonction me conduit à voir bien des choses, sans pour autant pouvoir dire que je les ai vues, à entendre bien des choses, sans pour autant pouvoir dire que je les ai entendues, et à savoir bien des choses, sans pour autant pouvoir dire que je les sais.

Roi – Heureusement que je vous ai demandé de faire des phrases courtes... Bon, faites entrer...

Majordome – Bien votre Majesté.

Le majordome sort. La ministre revient avec le leader. Le roi se montre étonnamment aimable.

Roi – Bonjour Monsieur, soyez le bienvenu dans notre modeste palais.

Leader – Merci...

Roi – Mais c'est parfaitement normal. Vous êtes ici chez vous, car ce palais, c'est avant tout le palais du peuple, n'est-ce pas, Madame la Ministre ?

Ministre – Euh... Oui, d'une certaine façon.

Roi – Monsieur, je vous écoute...

Leader – Pardon...?

Roi – Vous vouliez me demander quelque chose, peut-être ?

Moment de flottement.

Ministre – Non, votre Majesté, c'est nous qui avons demandé à voir Monsieur pour...

Roi – Ah oui, c'est vrai... Donc... Compte tenu de ces nouvelles épreuves auxquelles nous sommes aujourd'hui confrontés, je...

La ministre préfère prendre le relais.

Ministre – Comme vous le savez, notre pays traverse actuellement une crise sans précédent.

Roi – Nous sommes en guerre... contre un ennemi invisible.

Leader – N'en faites pas trop quand même...

Roi – Quoi qu'il en soit, vous comprendrez aisément que le moment n'est plus à des élections libres, comme je m'y étais personnellement engagé.

Ministre – L'heure serait plutôt à l'union sacrée derrière notre souverain, et les valeureux combattants de notre système hospitalier.

Roi – Sans parler de nos éboueurs et surtout de nos vidangeurs... Car avec cette vague de diarrhée, les fosses septiques et les égouts débordent.

Ministre – Il nous faut même faire face à une pénurie de papier toilette, que nous importions jusque là de l'étranger, et qui nous fait cruellement défaut maintenant que les frontières sont fermées.

Roi – Bref, nous sommes dans la merde. Au sens propre comme au sens figuré.

Ministre – Si toutefois en l'occurrence on peut parler de sens propre.

Roi – Hélas, pour paraphraser un grand homme d'État, je ne peux vous promettre que du sang, des larmes... et surtout de la merde. Beaucoup de merde.

Ministre – Pour l'instant, tout le monde est assigné à résidence...

Roi – Je dirais même que tous les habitants de ce pays sont invités à rester sur leur trône dans leurs cabinets. Ce qui d'une certaine façon fait de tous ces abrutis l'égal des rois et de leurs ministres... Mais ce qui risque aussi d'entraîner un nouveau genre de débordements, que nous nous efforcerons d'endiguer autant que faire se peut...

Ministre – C'est pourquoi nous vous proposons de remettre à plus tard ces élections. Et nous souhaitons donc connaître votre position sur ce sujet. Pouvons-nous compter sur votre soutien ?

Un temps.

Leader – Je mesure parfaitement la gravité de cette crise inédite. Et je ne m'oppose pas à un report des élections.

Roi – Merci. Je savais que je pouvais compter sur votre sens des responsabilités et de l'État.

Leader – Que comptez-vous faire pour lutter contre cette épidémie et la vaincre ?

Ministre – Nos chercheurs travaillent d'arrache-pied pour trouver un vaccin. En tant que leader de l'opposition, nous vous tiendrons bien sûr au courant heure par heure de l'évolution de la situation.

Leader – Très bien. Je reste à votre disposition. Si je peux faire quelque chose pour mon pays...

Roi – Je n'en attendais pas moins de vous, cher ami... Comme disait un autre grand homme d'État dont j'ai aussi oublié le nom, ne vous demandez pas ce que vous pouvez faire pour votre pays, demandez-vous ce que votre pays peut faire pour vous.

Ministre – Sauf votre respect, je crois que c'est plutôt l'inverse, votre Majesté.

Roi – Bien sûr... Cher Monsieur, si vous avez autre chose à me demander, comme la main de ma fille, par exemple, c'est le moment.

Leader – Je... Je vais y réfléchir, je vous le promets...

Le leader s'en va.

Roi – Charmant garçon...

Ministre – En tout cas, vous voyez, notre plan fonctionne à merveille.

Roi – J'espérais qu'il en profiterait pour me demander la main de la princesse... J'ai tout fait pour lui tendre discrètement la perche, mais il n'a pas voulu la saisir.

Ministre – Oui, en effet, très discrètement... Et... vous tenez tant que ça à ce mariage ?

Roi – Ce serait une assurance-vie ! C'est beaucoup plus difficile de faire exécuter un dictateur quand il s'agit de son beau-père. Même si beaucoup de gendres rêveraient de pouvoir faire exécuter leur belle-mère...

Ils sortent. La princesse revient avec le leader.

Princesse – Alors tu renonces aux élections ! Tu tombes dans leur piège !

Leader – Ce n'est qu'un stratagème pour gagner du temps. De toute façon, il est impossible de mobiliser le peuple en ce moment. Il a trop peur pour sa santé, et il se jette dans les bras du tyran qu'il voulait renverser il y a encore une semaine. Je suis désolé de te le dire, ma chère, mais les gens sont des cons...

Princesse – Les gens ? On parle du peuple ! Ce peuple pour lequel nous nous battons !

Leader – Mais le peuple, ce sont les gens ! Et les gens sont des cons...

Princesse – Peut-être, mais ces cons risquent de mourir par millions, avant que ces fous furieux qui nous gouvernent se décident à sortir un vaccin.

Leader – Rassure-toi, personne ne mourra. Pas dans l'immédiat, en tout cas.

Princesse – Comment peux-tu en être aussi sûr ?

Leader – J'ai fait en sorte qu'au lieu de ce dangereux virus, ce soit une version inoffensive qui soit propagée parmi la population.

Princesse – Comment as-tu réalisé ce prodige ? Tu transformes l'eau en vin, maintenant ? Et tu sais comment faire muter un virus pour le rendre bénin ?

Leader – J'ai pris contact avec les scientifiques du laboratoire qui travaille sur ce programme de recherche. Nous avons des sympathisants partout, heureusement. Ils savent que le vent est en train de tourner, et ils ne veulent pas risquer d'être associés à une tentative de génocide.

Princesse – Une version inoffensive ? Tu es sûr ?

Leader – C'est ce qu'ils m'ont affirmé...

Princesse – Pourtant les gens sont malades.

Leader – Il s'agit seulement d'une épidémie de turista. Il fallait tout de même rester crédible, pour ne pas attirer la méfiance des autorités.

Princesse – Et maintenant, qu'est-ce qu'on fait ?

Leader – On attend que le peuple se remette de sa diarrhée, qu'il se rende compte que cette maladie n'est pas grave, et on remobilise la population pour renverser le tyran.

Princesse – Espérons que tout se passera bien comme prévu... En attendant, restons discret. Mon père doit absolument continuer à ignorer notre liaison.

Leader – Je me demande s'il ne se doute pas un peu de quelque chose, tout de même...

Princesse – Qu'est-ce qui te fait dire ça ?

Leader – Je ne sais pas... Une intuition... À présent il faut que je file...

Princesse – Sois prudent...

Ils s'embrassent. Il sort. La femme de chambre arrive.

Princesse – Alors, est-ce que vous avez pu apprendre autre chose ?

Femme de chambre – Je crois que votre père est au courant.

Princesse – Au courant ?

Femme de chambre – Pour vous et...

Princesse – Mon Dieu... Comment l'a-t-il appris ?

Femme de chambre – Sa ministre est informée de tout par le majordome.

Princesse – Et comment mon père a-t-il réagi ?

Femme de chambre – Curieusement, il semble pas opposé à cette union.

Le majordome arrive avec un air de conspirateur, interrompant cette conversation. Il feint de mettre un peu d'ordre dans la pièce, mais semble les espionner.

Princesse *(à la femme de chambre)* – Accompagnez-moi jusqu'à mes appartements, je vous prie... Ici, les murs ont des oreilles...

La princesse sort avec la femme de chambre, sous le regard suspicieux du majordome. Il remet en place les pièces du jeu d'échecs. Le roi revient.

Majordome – Je profitais de l'absence de votre Majesté pour remettre un peu d'ordre...

Roi – Finalement, nous faisons un peu le même métier, vous et moi.

Majordome – Pardon ?

Roi – Moi aussi j'essaie de remettre un peu d'ordre dans ce pays.

Majordome – Bien sûr, votre Altesse.

Roi – Parfois je me demande si je ne préférerais pas être à votre place. *(Le majordome lui lance un regard étonné, mais n'ose pas répliquer.)* Et vous, mon brave ? Qu'est-ce que vous diriez d'être roi ?

Majordome – Ma foi, votre Altesse...

Le roi lui désigne le trône.

Roi – Tenez, asseyez-vous là.

Majordome – Enfin, votre Majesté...

Roi – C'est un ordre. *(Avec réticence, le majordome s'assied sur le trône.)* Alors, quelles sont vos impressions ?

Majordome – Mon Dieu... Ce n'est pas très rembourré.

Roi – Et voilà ! Vous pensiez que c'était une place confortable ? Eh bien non ! On a mal au cul, sur ce trône, vous voyez !

Majordome – Ce serait sans doute mieux avec un petit coussin.

Roi – Votre Majesté désire-t-elle que je lui en apporte un pour soulager son fondement ?

Majordome – Ma foi... Si ce n'est pas abuser...

Le roi prend un coussin. Le majordome se soulève un peu, et le roi glisse le coussin sous ses fesses.

Roi – C'est mieux comme ça ?

Majordome – C'est parfait.

Roi – Alors, à présent que votre Majesté est confortablement installée... comment pense-t-elle remettre un peu d'ordre dans ce pays ?

Majordome – Vous voulez vraiment mon avis ?

Roi – Je vous en prie, votre Altesse.

Majordome – Je pense qu'il faudrait commencer par exécuter la femme de chambre.

Roi – Vraiment ? Et pourquoi donc ?

Majordome – Mais parce que c'est une espionne !

Roi – Et pour le compte de qui travaille-t-elle ?

Majordome – Pour le compte de la princesse, qui elle-même, comme vous le savez, n'a pas de secret pour le leader de l'opposition, puisque c'est son amant.

Roi – Je vois... Et sur son majordome, votre Altesse a-t-elle des informations ? N'est-ce pas un espion, lui aussi ?

Majordome – C'est un espion, en effet.

Roi – Et pour qui travaille-t-il ?

Majordome – Ne me dites pas que vous l'ignorez ?

Roi – Je l'ignore.

Majordome – Mais il travaille pour la ministre, qui elle-même n'a pas de secret pour le général, son amant, qui tous les deux complotent en secret contre le roi.

Roi – À votre avis, il faudrait donc exécuter le majordome, la femme de chambre, la ministre, le général, ma fille, et le leader de l'opposition...

Majordome – Absolument.

Roi – Et la reine ?

Majordome – La reine également, bien sûr.

Roi – Elle complote contre le roi, elle aussi ?

Majordome – Non... Elle est bien trop idiote pour ça...

Roi – Alors pourquoi l'exécuter ?

Majordome – Je crois que ce serait un soulagement pour tout le monde, vous ne croyez pas ?

Roi – Merci pour ces conseils, votre Majesté... *(Changeant totalement d'attitude)* Et maintenant, foutez-moi le camp avant que ce soit moi qui vous étrangle de mes propres mains.

Le majordome revient à la réalité, et se lève prudemment du trône pour sortir.

Majordome – Votre Majesté désire-t-elle autre chose ?

Roi – Allez vous faire pendre...

Le majordome sort. Le roi se place devant l'échiquier et entame une partie d'échecs avec lui-même.

Roi – Plus personne n'ose plus se mesurer à moi... J'en suis réduit à jouer tout seul... *(Il bouge une pièce, puis se met de l'autre côté de l'échiquier pour en bouger une autre, et ainsi de suite.)* Et voilà ! *(Triomphant)* Échec et mat ! Le problème, quand on joue contre soi-même, c'est qu'au final on ne sait jamais qui a vraiment gagné...

La ministre et le général arrivent.

Ministre – J'ai une bonne et une mauvaise nouvelle, votre Majesté.

Roi – Vous pourriez m'épargner ces formules éculées ? Enfin ! Plus aucun auteur n'ose encore écrire des dialogues comme ça de nos jours !

Ministre – Désolée, votre Majesté. C'était pour ménager un peu de suspense...

Roi – Bon... Commencez par la mauvaise.

Ministre – Les choses ne se passent pas exactement comme prévu.

Roi – Eh bien vous voyez, bizarrement, ça ne m'étonne pas... Votre plan était tellement pourri. Qu'est-ce qui ne va pas ?

Général – Il semblerait que le virus ait muté.

Roi – Et c'est une mauvaise nouvelle ?

Général – Cela veut dire que le vaccin que nous avons mis au point et que nous vous avons administré n'est pas efficace contre cette nouvelle forme de virus...

Roi – Bravo... Et quelle est la bonne nouvelle ?

Général – Le nouveau virus est beaucoup plus bénin que l'autre. Les gens ne meurent pas. Ils ont seulement quelques problèmes intestinaux.

Roi – En quoi c'est une bonne nouvelle ?

Ministre – Personne ne va mourir, mais les effets psychologiques de cette maladie restent malgré tout positifs pour votre Majesté et pour le gouvernement. Les gens comptent toujours sur nous pour mettre fin à cette épidémie de turista, qui reste très incommodante.

Roi – Ils seraient prêts à plébisciter un dictateur seulement pour qu'il les préserve d'une simple diarrhée ?

Ministre – Les gens sont paranoïaques, que voulez-vous ? Plus on leur dira que cette maladie est bénigne, plus ils penseront qu'on leur cache quelque chose de plus grave...

Roi – Ça commence à être un peu compliqué, tout ça...

Ministre – Quoi qu'il en soit, bien sûr, il faudra trouver rapidement un nouveau vaccin.

Roi – Un nouveau vaccin ?

Ministre – Je vous l'ai dit, comme il s'agit d'un nouveau virus, l'ancien vaccin n'est plus efficace.

Roi – Alors on risque d'être contaminés nous aussi ? Je crois que la reine est déjà atteinte, et moi-même j'ai un peu mal au ventre...

Général – Nos chercheurs sont sur le coup. En attendant, il va falloir faire très attention...

Roi – Je vais vous faire exécuter.

Général – Mais alors vous n'aurez plus aucune chance de trouver un vaccin.

Roi – D'accord, alors je vous ferai exécuter quand vous aurez trouvé un vaccin.

Ministre – Rien n'est encore perdu, votre Majesté, je vous assure... Écoutez ! Les manifestations ont repris dans la rue.

Roi – Et vous trouvez qu'il faut s'en réjouir ?

Ministre – Écoutez mieux leurs cris, votre Altesse ! « Longue vie à notre roi bien aimé ! » « Que Dieu et notre souverain nous protègent ! » « Du papier s'il vous plaît ! »

Roi – Mais oui, vous avez raison... C'est un triomphe ! Je vais faire une apparition au balcon...

Général – Vous êtes sûr que...

Le roi sort.

Ministre – Mais qu'est-ce que vous avez foutu, bordel ?

Général – Je ne comprends pas... Ce n'est pas du tout ce qui était prévu...

Ministre – Et le roi qui se prend pour le pape, maintenant. Il va apparaître au balcon pour une bénédiction urbi et orbi. Allons voir ce qu'il fait...

Général – Vous avez raison, il vaut mieux le surveiller. Si en plus il se mettait en tête de faire des miracles...

Ils sortent. La princesse et le leader reviennent.

Princesse – C'est incroyable. L'effet secondaire de ce virus semble faire de tous les sujets du roi des esclaves consentants ?

Leader – Hélas, il s'agit d'un syndrome bien connu des psychologues.

Princesse – Vraiment ?

Leader – Le syndrome de Stockholm. On les a retenus séquestrés chez eux, et ils en sont arrivés à aimer leurs geôliers.

Princesse – Je vois... Les gens ont eu tellement peur qu'ils sont prêts à croire n'importe quoi et n'importe qui. Et cela fait d'eux des imbéciles dénués de tout sens critique...

Leader – Huxley disait : « La dictature parfaite serait une dictature qui aurait les apparences de la démocratie, une prison sans murs dont les prisonniers ne songeraient pas à s'évader. Un système d'esclavage où, grâce à la consommation et au divertissement, les esclaves auraient l'amour de leur servitude. »

Princesse – En effet, c'est encore pire qu'une dictature militaire.

Leader – Car beaucoup plus efficace...

Princesse – On est vraiment dans la merde...

Leader – Remarque, dans un sens... des électeurs crédules et des citoyens dociles, c'est ce dont rêve tout politicien, non ?

Princesse – N'y pense même pas. Si c'est pour faire de toi un autre dictateur, je refuserai d'être ta femme...

Leader – Bien sûr, ma chérie... Je plaisantais, évidemment.

La ministre revient avec le roi.

Ministre – Vous n'auriez peut-être pas dû aller jusqu'au bain de foule, votre Majesté. Je vous rappelle que vous n'êtes plus protégé par le vaccin., et que cette maladie est très contagieuse...

Roi – Il y a si longtemps que je n'avais pas été acclamé avec autant de ferveur... Vous auriez dû voir ça, Princesse. Une véritable ovation !

Princesse – Il faut que je vous parle, mon père.

Roi – Je vous écoute, mon enfant. D'ailleurs, on devrait toujours écouter ses enfants...

Princesse – Il est peut-être encore temps d'arrêter tout ça.

Roi – Vous avez raison, ma fille. Je ne ferai pas comme ces vieux boxeurs qui livrent le combat de trop. Ni comme ces chanteurs à l'agonie qui n'en finissent plus de faire leur *come back* après avoir annoncé leurs adieux à la scène. Je préfère partir au sommet de ma gloire. C'est pourquoi j'ai décidé d'abdiquer en votre faveur.

La princesse, surprise, en reste bouche bée.

Ministre – Ne l'écoutez pas, il a visiblement été contaminé par la crétinerie ambiante pendant son bain de foule.

Roi – Taisez-vous ! D'ailleurs vous êtes limogée.

Général – Mais enfin votre Majesté...

Roi – Vous aussi, Général.

Ministre – Je prie votre Altesse de bien réfléchir avant de...

Roi – C'est tout réfléchi. Prosternez-vous tous les deux devant votre nouvelle reine.

La ministre et le général hésitent un instant, avant de juger plus prudent de s'incliner.

Ministre – Votre Majesté.

Général – Votre Altesse.

Ministre – Nous nous attacherons désormais à vous servir avec autant de fidélité que nous avons servi votre père.

Princesse – Voilà qui est tout à fait rassurant, en effet. Père, ai-je aussi le droit de choisir mon roi ?

Roi – Bien sûr... Vous êtes la reine, à présent.

Leader – Dans ce cas, c'est à moi qu'il appartient de vous demander la main de votre fille.

Roi – Je vous l'accorde avec plaisir.

Princesse – Alors c'était aussi simple que cela ?

Roi – Je ne veux rien d'autre que le bonheur de ma fille... et de mon peuple. Venez, nous allons annoncer la nouvelle à votre mère... Suivez-nous, jeune homme. Vous êtes un peu mon fils, maintenant...

Le roi, la princesse et le leader sortent. La ministre et le général restent un instant atterrés.

Ministre – Je crois que la situation est en train de nous échapper...

Général – Je n'ai jamais cru à cette histoire d'épidémie.

Ministre – Vous ne manquez pas de culot... C'était votre idée !

Général – Et maintenant, qu'est-ce qu'on fait ?

Ministre – Je ne sais pas... J'ai toujours eu envie de faire du théâtre... C'est peut-être le bon moment pour changer de vie.

Général – Le bon moment ? Toutes les salles de spectacles sont fermées à cause de l'épidémie !

Ministre – On jouera en plein air ! Comme Molière à ses débuts. On partira sur les routes ! On jouera sur des tréteaux dans les villages !

Général – On ?

Ministre – Vous avez dit que vous pourriez me suivre jusqu'en enfer.

Général – De là à devenir intermittent... Et puis vous n'avez jamais fait de théâtre, et moi non plus !

Ministre – Croyez-moi, Général, quand on a fait de la politique, on est déjà comédien.

Général – Après tout, vous avez raison. Et quel genre de théâtre ferons-nous ?

Ministre – Général, quand les politiques ne sont plus que des comédiens, il devient urgent que les comédiens fassent de la politique.

Noir

Épilogue

La princesse, devenue reine, est assise sur le trône, une couronne sur la tête. Elle lit le journal qui titre sur son prochain couronnement et sur le scrutin en cours : le roi abdique en faveur de sa fille, enfin des élections libres. Elle agite nerveusement la cloche. Le majordome arrive.

Majordome – Votre Majesté ?

Princesse – Cette attente est vraiment insupportable. Avons-nous des nouvelles du scrutin ?

Majordome – Pas encore votre Altesse. Les résultats définitifs doivent être proclamés à vingt heures.

Princesse – Bon... Et Monsieur ?

Majordome – Il n'est pas encore rentré au palais, votre Altesse.

Princesse – Bien... Prévenez-moi dès qu'il y a du nouveau.

Majordome – Je n'y manquerai pas, votre Majesté.

Le majordome sort. Elle jette nerveusement le journal sur la table, et observe un instant le jeu d'échecs.

Princesse – La partie continue...

Le leader de l'opposition arrive. Il affiche un air très cérémonial.

Leader – Bonjour votre Majesté.

Princesse *(impatiemment)* – Ah, enfin ! Alors ?

Il lui fait un baise-main.

Leader *(ménageant le suspense)* – Alors quoi, votre Altesse ?

Princesse – Ne me fais pas attendre plus longtemps... Quel est le résultat des élections ?

Leader *(avec une mine sombre)* – Le dépouillement n'est pas encore tout à fait terminé, mais... *(Avec un large sourire)* Je suis élu avec une large majorité !

Elle se lève de son trône et l'embrasse.

Princesse – Félicitations ! C'est merveilleux ! Pour nous... Pour le pays... Il faut célébrer ça !

Elle saisit la cloche, mais il arrête son geste.

Leader – Attends... J'ai toujours rêvé de faire ça... Je peux ?

Princesse – Vas-y. Tu verras, c'est un peu comme une lampe magique. Un génie apparaît, et on peut lui demander ce qu'on veut. Mais méfie-toi, c'est très addictif. Quand on a commencé, on ne peut plus s'en passer.

Le leader saisit la cloche et l'agite. Le majordome arrive.

Majordome – Votre Altesse a sonné...

Princesse – Apportez-nous du champagne, je vous prie. Nous allons trinquer à notre victoire !

Majordome – Tout de suite, votre Majesté.

Princesse – Alors mon ami ? Vous devez être heureux, vous aussi, n'est-ce pas ? Cette victoire, c'est d'abord celle du peuple, donc c'est aussi la vôtre !

Majordome – Bien sûr, votre Altesse... Félicitations, Monsieur.

Leader – Merci mon brave.

Le majordome sort.

Leader – On aurait peut-être dû lui proposer de trinquer avec nous...

Princesse – Ah oui, c'est vrai, je n'y ai pas pensé...

Leader – Bon, en même temps... ça le mettrait peut-être mal à l'aise.

Princesse – Oui, sûrement...

Leader – Enfin, ça reste la victoire du peuple...

Princesse – Bien sûr... *(Sourires un peu embarrassés)* Donc, je vais être obligée de te nommer Premier Ministre.

Il l'embrasse.

Leader – Mais tu resteras ma reine, pour la vie.

Princesse – Je ne me vois pas trop en reine d'Angleterre. Il faudra peut-être songer un jour à abolir la monarchie.

Leader – En même temps, pourquoi se précipiter ? Le peuple semble avoir pris goût à la royauté. Et il attend avec impatience notre mariage.

Princesse – Tu as raison. On a rouvert les bureaux et les usines, mais toutes les salles de spectacles restent fermées. Un mariage royal, ça les distraira un peu. Et l'épidémie ?

Leader – Nos médecins ont enfin réussi à la contenir. Mais ils n'ont pas encore trouvé le remède contre ces problèmes intestinaux qui, pour être bénins, n'en sont pas moins très gênants...

Princesse – Nos frontières sont fermées par crainte de la contagion. Plus aucun touriste ne vient en vacances dans notre pays, et plus aucun de nos ressortissants ne peut plus partir en vacances à l'étranger.

Leader – À quoi bon aller au bout du monde dans des pays exotiques si on peut attraper la turista sans sortir de chez soi.

Princesse – Reste à espérer que ton gouvernement trouve une solution rapide pour un retour à la normale de ce transit international et intestinal.

Leader – Puisque tu abordes le sujet de la composition du nouveau gouvernement... que fait-on de la ministre, et du général ?

Princesse – Mon père exigeait leurs têtes, j'ai commué leur peine en bannissement... Ils sont interdits de séjour dans la capitale. Du coup, ils entament une tournée en province.

Leader – Une tournée ?

Princesse – Ils ont monté une troupe de théâtre itinérante, à ce qu'il paraît.

Leader – Ça leur fera prendre l'air. Et puis le théâtre, dans notre pays, ça commençait déjà à sentir un peu le renfermé, non ?

Princesse – À propos de sentir, ici aussi, il faudra songer à aérer un peu.

Leader – Ah oui ?

Princesse – Ça sent la merde, non ?

Leader – Je ne sais pas... D'ailleurs, depuis quelque temps, je ne sens plus rien...

Princesse – Encore un effet secondaire de cette maladie : non seulement les gens ont perdu tout sens critique, mais ils ont aussi perdu le sens de l'odorat. Il ne sentent même plus la merde dans laquelle ils sont.

Leader – C'est presque un miracle... Ce sera d'autant plus facile pour les gouverner.

Princesse – Et avec notre stock stratégique de papier hygiénique, où en est-on ?

Leader – L'armée a réquisitionné le papier-journal pour en faire du papier toilette. Adieu les mauvaises nouvelles ! Tu n'es pas près de relire la presse de si tôt.

Princesse – N'est-ce pas un peu dangereux pour la liberté d'expression et donc pour la démocratie ?

Leader – Pas de journaux, pas de commentaires désagréables sur l'action du gouvernement... La période de grâce s'en trouvera prolongée d'autant.

Princesse – Oui... Mais c'est le premier pas vers une nouvelle dictature... Attention, mon père aussi, au début, avait quelques idéaux...

Leader – Tout cela n'est que provisoire, ma chérie, mais... il est évident qu'il y aura un avant et un après. Et que dans le monde d'après, on ne vivra plus exactement comme avant...

Princesse – Quand tu dis « on » tu veux dire le peuple, j'imagine, parce que pour nous... tout continuera comme avant, non ?

Leader – Bien sûr...

La reine-mère arrive.

Reine – Vous n'avez pas oublié, ma chère, que je vous attends pour aller choisir votre robe de mariée à Londres ? Notre jet nous attend...

Princesse – Bien sûr, Mère, je suis prête.

Leader – Dois-je vous accompagner ?

Reine – Enfin, mon cher, vous savez bien que le marié ne doit pas voir la robe avant la cérémonie !

Leader – Dans ce cas, je vous laisse... Nous sabrerons le champagne plus tard. Bonne journée mesdames. À ce soir, ma chérie...

Il l'embrasse et sort.

Reine – Il est vraiment charmant... Et dire qu'au début, ton père le prenait pour un affreux gauchiste...

La mère et la fille s'apprêtent également à partir.

Princesse – À propos de mon père, comment va-t-il ?

Reine – Mon Dieu... Je crains qu'il ne soit pas encore complètement tiré d'affaire...

Princesse – Et où est-il donc ?

Reine – Comme tous les citoyens de ce royaume, ma chère... Sur son trône !

Elles sortent. La femme de chambre arrive et commence à mettre un peu d'ordre dans la salle du trône. Le majordome entre à son tour, portant sur un plateau une bouteille de champagne et deux flûtes. Voyant que tous les autres ont quitté les lieux, il tend une flûte à la femme de chambre.

Majordome – Madame est servie !

Femme de chambre – Merci, mon ami. Alors nous aussi, on fait la paix ?

Ils trinquent.

Majordome – Au retour de la démocratie dans notre cher pays !

Femme de chambre – Disons au retour des élections, en tout cas.

Majordome – Vous avez raison, ce n'est pas toujours exactement la même chose.

Femme de chambre – Les élections sont à la démocratie ce que le voyage de noces est au mariage de raison... Une semaine offerte dans un palace sous les tropiques, pour une vie à crédit dans un appartement de banlieue.

Ils se resservent, et boivent.

Majordome – Si encore on pouvait aller au spectacle. Vous vous rendez compte ? Ils ont fermé les théâtres...

Femme de chambre – En même temps, on s'emmerdait tellement, au théâtre.

Majordome – C'est vrai. Ce n'était plus qu'un théâtre de courtisans. Personne ne se rendra compte de sa disparition.

Femme de chambre – Molière risquait sa tête à chaque première de ses pièces. Qu'est-ce qu'on risque aujourd'hui au théâtre ?

Majordome – À part d'attraper la chiasse.

Femme de chambre – La seule chose que craignent ces bouffons, c'est de perdre leurs subventions et leur intermittence.

Majordome – C'est triste à dire, mais c'est un fait. C'est un service à rendre à ce théâtre-là que de l'interdire.

Majordome – Quand les théâtres subventionnés se transmettent de père en fils comme des charges de notaires, c'est que le moment est venu de leur couper les vivres.

Femme de chambre – Supprimons les subventions !

Majordome – Supprimons l'intermittence !

Silence. Éventuelles réactions de la salle.

Femme de chambre – J'espère qu'il n'y a pas de directeurs de théâtre ou d'intermittents dans la salle, sinon je sens que c'est nous qu'on va guillotiner...

Majordome – Ça m'étonnerait qu'il n'y en ait pas, il n'y a plus qu'eux qui vont au théâtre de nos jours. Je vous ressers un peu de champagne ?

Femme de chambre – Avec plaisir.

Ils boivent à nouveau. Silence. Ils reviennent peu à peu à la réalité.

Femme de chambre – En attendant, il va encore falloir ranger tout ça...

Majordome – À la ville comme à la scène, quel que soit le résultat des élections, les patrons changent, mais nous restons leurs domestiques.

Femme de chambre – Enfin... On a bien cinq minutes entre deux dictatures.

Majordome – Une petite partie ?

Ils s'installent chacun d'un côté de l'échiquier. Elle prend un pion dans chaque main et lui tend ses poings fermés.

Femme de chambre – Allez ! Choisissez votre camp !

Noir.

Fin

Ce texte est protégé par les lois
relatives au droit de propriété intellectuelle.
Toute contrefaçon est passible d'une condamnation
allant jusqu'à 300 000 euros et 3 ans de prison.

Juillet 2020